# Never

SAISON 1

Première publication par Atria Paperback editon, 2016
Atria paperback est un label de Simon & Schuster, Inc.
Titre original : *Never Never*

Pour la présente édition :

Département de Hugo et Cie
34-36, rue La Pérouse, 75116 Paris
www.hugoetcie.fr

Ouvrage dirigé par Sylvie Gand

ISBN : 9782755623444
Dépôt légal : novembre 2016
Imprimé en France par Corlet
N° d'imprimeur : 183334

COLLEEN HOOVER
TARRYN FISHER

NEW ROMANCE®

# Never

## SAISON 1

Traduit de l'anglais (États-Unis)
par Pauline Vidal

Hugo Roman

*Ce livre est dédié à tous ceux*
*qui ne s'appellent pas Sundae Colletti.*

# 1

# Charlie

Fracas. Les livres tombent sur le sol recouvert de linoléum moucheté. Ils dérapent sur un ou deux mètres, tournoient et s'arrêtent devant les pieds. Mes pieds. Je ne reconnais pas ces sandales noires, ni ce vernis rouge, mais ils remuent quand je le leur demande, donc ce doit être les miens. *N'est-ce pas ?*

Une cloche sonne.

Frisson.

Je frémis, le cœur battant. Mes yeux bougent de gauche à droite alors que j'examine ce qui m'entoure en essayant de ne pas me trahir.

*C'était quoi, cette cloche ?*

*Où suis-je ?*

Des jeunes équipés de sacs à dos entrent brusquement dans la pièce, en bavardant et en riant. Une cloche d'école… Ils se glissent derrière leurs bureaux, parlant de plus en plus fort. Je perçois un mouvement à mes pieds et tressaille. Il y a quelqu'un, là, en train de ramasser les livres ; une fille rougeaude à lunettes. Avant de se redresser, elle me jette un coup d'œil vaguement apeuré et détale. Rires. Je crois un instant qu'ils se moquent de moi, mais c'est la fille à lunettes qu'ils lorgnent.

— Charlie ! lance quelqu'un. Tu as vu ça ?

Et encore :

— Charlie… c'est quoi ton problème… hé… ?

Mon cœur bat si vite, trop vite.

*Où est-on ? Pourquoi est-ce que je ne me souviens pas ?*

— Charlie, chuchote quelqu'un.

Je me retourne.

*Qui est Charlie ? Lequel d'entre eux ?*

Il y a tellement de jeunes : blonds, hirsutes, bruns, avec lunettes, sans lunettes…

Un homme entre et pose sa serviette sur le bureau.

*Le professeur. Je suis dans une classe, et voici le professeur. Lycée ou fac,* je ne sais pas encore.

Soudain, je me lève. Ce n'est pas ma place, ici. Tout le monde est assis, sauf moi… qui marche.

— Où allez-vous, miss Wynwood ?

Le professeur me toise par-dessus ses lunettes, tout en fouillant dans ses papiers. Il claque la pile sur le bureau et je sursaute. Je dois être miss Wynwood.

— Elle a des crampes ! lance quelqu'un.

L'assistance ricane. Je sens un frisson me parcourir le dos et gagner le haut de mes bras. Ils sont tous en train de rigoler, sauf que j'ignore qui sont ces gens.

— Ta gueule, Michael ! lance une voix de fille.

— Je ne sais pas, dis-je.

Là, j'entends mon timbre de voix pour la première fois. Il est trop élevé. Je m'éclaircis la gorge et réessaie :

— Je ne sais pas. Je ne devrais pas être là.

Nouveaux éclats de rire. Je regarde les affiches sur le mur, ces têtes de présidents avec leurs dates en dessous. *Cours d'histoire ? Lycée.*

L'homme – le professeur – penche la tête de côté, comme si je venais de dire une bêtise.

— Et où devriez-vous être, un jour de contrôle ?

— Je… Je ne sais pas.

— Asseyez-vous.

J'ignore où j'irais si je m'en allais.

Je reviens sur mes pas. La fille aux lunettes me dévisage quand je passe devant elle mais se détourne aussitôt.

Dès que je suis assise, le professeur commence à distribuer des feuilles de papier. Il traverse l'allée en bourdonnant de sa voix grave pour nous annoncer quel pourcentage cette épreuve occupera dans la moyenne finale. Arrivé à hauteur de mon bureau, il marque une pause, les sourcils froncés.

— Je ne veux pas savoir à quoi vous jouez, dit-il en pointant un doigt accusateur et grassouillet. J'en ai par-dessus la tête. Encore un exploit de ce genre et vous filez droit chez le proviseur.

Là-dessus, il plaque les feuilles d'interro devant moi et poursuit son chemin.

Je ne hoche pas la tête, je ne réagis pas. Je me demande quoi faire. Annoncer à la cantonade que j'ignore qui je suis et où je suis ? Ou le prendre à part pour le lui confier discrètement ? Il a dit qu'il ne voulait plus d'exploits. Mes yeux se posent sur le papier devant moi. Les gens sont déjà penchés dessus, à écrire frénétiquement.

**QUATRIÈME HEURE**
**HISTOIRE**
M. DULCOTT

Là, apparaît un espace pour un nom. Je suis donc censée y écrire le mien, sauf que je ne le connais pas. Il m'a appelée *miss Wynwood.*

Pourquoi est-ce que je ne reconnais pas mon propre nom ?

*Où suis-je ?*

*Qui suis-je ?*

Toutes les têtes sont penchées sur les bureaux, sauf la mienne. Je reste là, assise, les yeux fixés droit devant moi. M. Dulcott me jette un regard noir. Moins je réagis, plus il s'empourpre.

Le temps passe mais mon monde s'est arrêté. Finalement, M. Dulcott se lève, ouvre la bouche pour parler, quand la cloche sonne.

— Posez vos feuilles sur mon bureau en sortant, dit-il alors sans me quitter des yeux.

Toute la classe se précipite vers la porte. Je me lève pour les suivre parce que je ne vois pas quoi faire d'autre. Je garde la tête basse mais je sens sa colère. Je ne comprends pas pourquoi il est si furieux contre moi. Je me retrouve dans un couloir où s'alignent des casiers bleus de part et d'autre.

— Charlie ! lance quelqu'un. Charlie, attends !

Une seconde plus tard, un bras passe sous le mien. Sans trop savoir pourquoi, je m'attends à la fille aux lunettes. Mais non. En tout cas, je sais maintenant que c'est moi, Charlie. *Charlie Wynwood.*

— Tu as oublié ton sac, dit-elle en brandissant un sac à dos blanc.

Je le prends, curieuse de savoir si je ne vais pas y trouver un portefeuille et un permis de conduire. On repart bras dessus, bras dessous. Elle est plus petite que moi, avec de longs cheveux bruns et de grands yeux marron qui lui mangent la moitié du visage. Elle est aussi d'une beauté saisissante.

— Tu en as fait un cinéma pendant le contrôle! lâche-t-elle. Tu as jeté les bouquins de la Crevette par terre et ton esprit s'est évadé je ne sais où.

Je sens son parfum ; je le connais, il est trop sucré, comme composé d'un million de fleurs, chacune cherchant à attirer l'attention. Je pense à la fille aux lunettes, à son expression quand elle s'est penchée pour ramasser les livres. Si c'est moi qui ai fait ça, pourquoi est-ce que je ne m'en souviens pas ?

— Je…

— On va déjeuner, ce n'est pas par là.

Elle m'entraîne dans un autre couloir, parmi d'autres élèves, tous à me scruter… mine de rien. Je me demande s'ils me connaissent et pourquoi je ne me connais pas. J'ignore pourquoi je ne dis pas à ma voisine, ni à M. Dulcott, ni au premier venu, que je ne sais pas qui je suis ni où je suis. Le temps que je commence à me décider, on passe les doubles portes de la cafétéria. Bruit et couleurs ; corps qui sentent tous la même odeur, lumières fluorescentes qui rendent tout affreux. *Mon Dieu.* Je m'accroche à mon tee-shirt.

La fille à mon bras est en train de bavarder. Andrew par-ci, Marcy par-là. Elle aime bien Andrew, déteste Marcy. Je ne connais ni l'un ni l'autre. Elle m'entraîne vers la file d'attente. On prend des salades et des Coca light. Et puis on dépose nos plateaux sur une table déjà bien occupée : quatre garçons, deux filles. Ainsi, on forme un nombre pair. Quatre filles, quatre garçons. Ils me scrutent tous d'un air interrogateur, comme si je devais faire ou dire quelque chose de spécial. La seule place qui reste se trouve à côté d'un type brun. Je m'y assieds lentement, pose les deux mains à plat sur la table. Il me jette un coup d'œil puis se met à manger sans un mot. J'aperçois de fines gouttes de sueur sur son front, à la racine de ses cheveux.

— Vous êtes trop bizarres, tous les deux, observe la fille blonde d'en face.

Elle nous désigne, mon voisin et moi. Ce dernier lève la tête de son plat de macaroni et je me rends compte qu'il ne faisait que touiller sa nourriture, sans rien avaler. Il me regarde, je le regarde, et on se tourne ensemble vers la fille.

— Il s'est produit un truc spécial ? insiste-t-elle.

— Non, dit-on à l'unisson.

Lui, c'est mon copain. Je le sais rien qu'à voir la façon dont les autres nous considèrent. D'un seul coup, il me décoche un large sourire tout en dents blanches, me pose un bras sur l'épaule.

— Ça va bien, assure-t-il.

Je me raidis mais quand je vois les six paires d'yeux posés sur moi, j'entre dans le jeu. C'est effrayant de ne pas savoir qui on est – et encore plus de se tromper. À présent j'ai peur, très peur. Ça va trop loin. Si je dis quoi que ce soit maintenant, on va me prendre pour une malade. L'affection dont il fait preuve à mon égard paraît détendre tout le monde… sauf lui. Les discussions reprennent, et leurs paroles se mélangent : football, une soirée, encore football. Le type assis à côté de moi rit et se joint à la conversation sans me lâcher l'épaule. Ils l'appellent Silas. Ils m'appellent Charlie. La fille brune aux grands yeux est Annika. Dans le bruit, j'oublie les prénoms des autres.

Fin du déjeuner. On se lève. Je me joins à Silas, ou plutôt, c'est lui qui se joint à moi. Je ne sais absolument pas où aller. Annika passe de l'autre côté, me prend par le bras et se met à parler de son entraînement de pom-pom girl. Elle me rend claustrophobe. En arrivant à une annexe dans le couloir, je me penche pour qu'elle soit la seule à m'entendre :

— Tu peux m'accompagner à mon prochain cours ?

Elle reprend son sérieux, s'éloigne un instant pour dire quelque chose à son petit ami, puis revient me prendre le bras.

Je me tourne vers Silas :

— Annika va m'accompagner à mon prochain cours.

— D'accord, dit-il avec une mine soulagée. On se voit… plus tard.

Là-dessus, il part dans la direction opposée.

Dès qu'il a disparu, Annika s'étonne :

— Où est-ce qu'il va ?

Je hausse les épaules :

— À son cours.

Elle secoue la tête, l'air perplexe.

— Je ne vous comprends pas, tous les deux. Un jour vous êtes pendus au cou l'un de l'autre, le lendemain vous ne supportez pas de vous trouver dans la même pièce. Il faudra bien que tu prennes une décision à son sujet, Charlie.

Elle s'arrête devant une porte.

— C'est moi… dis-je pour voir si elle va protester.

Elle ne réagit pas.

— Appelle-moi après, reprend-elle. Je veux tout savoir sur cette nuit.

Je hoche la tête. Quand elle disparaît dans la foule, j'entre dans la classe. Je ne sais pas où m'asseoir, alors je me dirige vers le dernier rang, me glisse à une place près de la fenêtre. Comme je suis arrivée tôt, j'ouvre mon sac à dos. Il y a bien une trousse à maquillage coincée entre deux cahiers, ainsi qu'un portefeuille. Je le sors, l'ouvre et découvre un permis de conduire orné de la photo d'une brune souriante. Moi.

CHARLIE MARGARET WYNWOOD
2417 HOLCOURT WAY
LA NOUVELLE-ORLÉANS, LOUISIANE

J'ai dix-sept ans. Mon anniversaire tombe le vingt et un mars. J'habite en Louisiane. J'examine la photo mais ne reconnais pas ce visage. C'est le mien, pourtant je ne l'ai jamais vu. Je suis… jolie. Je n'ai que vingt-huit dollars.

Les places se remplissent. Celle à côté de moi reste vide, comme si les autres avaient peur de s'y asseoir. Je suis en cours d'espagnol, avec une jeune et jolie professeure, Mme Cardona. Elle ne me dévisage pas, l'air de me haïr, comme la plupart des autres. On commence par les conjugaisons.

*Je n'ai pas de passé.*

*Je n'ai pas de passé.*

Au bout de cinq minutes de cours, la porte s'ouvre. Silas entre, les yeux baissés. Je crois qu'il est venu me dire ou m'apporter quelque chose. Je m'apprête à faire semblant, mais Mme Cardona se contente d'une réflexion amusée sur son retard. Il vient prendre la seule place libre, à côté de moi, le regard dans le vide. Je le fixe, jusqu'à ce qu'il finisse par se tourner vers moi. Une goutte de sueur lui coule sur la joue.

Il écarquille les yeux.

*Tout comme moi.*

# 2

# Silas

*Trois heures.*

Voilà près de trois heures que j'ai la tête dans les nuages.

Non, pas dans les nuages. Pas même dans un épais brouillard. J'ai plutôt l'impression d'errer dans une totale obscurité, à la recherche d'un interrupteur.

— Ça va ? demande Charlie.

Je l'ai examinée plusieurs secondes, dans l'espoir de retrouver un semblant de familiarité sur un visage qui devrait être, apparemment, plus que familier pour moi.

*Rien.*

Elle replonge vers son bureau, et ses épais cheveux noirs tombent entre nous comme un store. Je voudrais mieux la voir. Il faut que je me rappelle quelque chose, un truc que je connaissais, marque de naissance ou taches de rousseur, avant de le revoir sur elle. Je m'accrocherai à tout ce qui pourrait me convaincre que je ne suis pas en train de perdre la boule.

Elle finit par repousser derrière l'oreille la mèche qui lui masquait le visage. Ses grands yeux se posent sur moi, je ne les reconnais pas. Ses sourcils se froncent, elle se mordille le bout du pouce.

Elle s'inquiète pour moi. Pour nous, peut-être.

*Nous*.

J'ai envie de lui demander si elle ne sait pas ce qui a pu m'arriver, mais je ne veux pas lui faire peur. Comment lui expliquer que je ne la connais pas ? Comment expliquer ça à *quiconque* ? Je viens de passer trois heures à jouer les décontractés. Au début, j'étais certain d'avoir pris une substance illégale qui m'avait fait perdre connaissance, mais, là, il ne s'agit pas de ça. C'est différent de se sentir défoncé ou ivre, et je me demande comment je sais ça, d'abord. Je ne me rappelle rien du tout avant ces trois heures.

— Hé !

Charlie tend la main vers moi, comme si elle allait me toucher, mais se rétracte.

— Ça va ? demande-t-elle seulement.

J'attrape la manche de ma chemise, m'essuie le front. Elle a l'air inquiète. Je me force à sourire en lui répondant :

— Ça va. La nuit a été longue.

Aussitôt je grince des dents. J'ignore quelle nuit j'ai passée et si cette fille assise à côté de moi est vraiment ma copine ; alors ce genre de phrase n'a rien de très rassurant.

Ses paupières se plissent un instant, elle incline la tête.

— Comment ça, longue ?

*Merde.*

— Silas.

La voix vient de l'avant de la salle. Je me retourne.

— Arrêtez de bavarder, dit la prof.

Puis elle reprend son cours, pas trop inquiète de ma réaction à ce reproche. Je jette un bref regard sur Charlie, avant de baisser les yeux vers mon bureau. Mes doigts tracent les noms incrustés dans le bois. Charlie est toujours en train de me contempler mais je fais comme si de rien n'était. Je relève une main, passe les doigts sur ma paume calleuse.

*Tiens, je travaille ? Je tonds les pelouses pour gagner ma vie ?*

À moins que ça ne vienne du football. Au déjeuner, j'avais décidé d'observer tous les gens autour de moi, et j'ai appris que j'avais entraînement de foot cet après-midi. J'ignore totalement où et à quelle heure, mais, bon, jusque-là, j'ai trouvé le moyen de m'en sortir sans savoir d'avance ce qu'il fallait que je fasse. Alors, peut-être que je ne me souviens de rien pour le moment, mais je me rends compte que je me débrouille très bien pour que ça ne se voie pas. Trop bien, sans doute.

Je tâte mon autre paume et y trouve les mêmes callosités.

*Et si je vivais dans une ferme ?*

Non, sûrement pas.

J'ignore comment je le sais mais, même sans pouvoir me souvenir de quoi que ce soit, je garde un sens très clair des réalités qui me concernent. Probablement parce que je procède juste par élimination. Par exemple, avec les vêtements que je porte, je n'ai pas l'impression de vivre dans une ferme. De beaux vêtements. À la mode ? Rien qu'en voyant mes chaussures, quelqu'un me demanderait si j'avais des parents riches, et je répondrais que oui. J'ignore comment je le sais puisque je ne me rappelle pas mes parents.

Je ne sais pas où j'habite, avec qui je vis, ou si je ressemble davantage à ma mère ou à mon père.

Je ne sais même pas à quoi je ressemble.

Je me lève brusquement, bousculant bruyamment mon bureau au passage. Tout le monde se retourne, sauf Charlie, puisqu'elle n'a pas cessé de me fixer depuis que je suis assis. Son expression n'est ni curieuse ni aimable.

Plutôt accusatrice.

La prof me fusille du regard mais ne semble pas du tout s'étonner que toutes les attentions se soient déplacées sur moi. Elle attend, sûre d'elle, mes explications pour cette soudaine perturbation.

Je déglutis.

— Toilettes.

J'ai les lèvres poisseuses, la bouche sèche, l'esprit en bouillie. Je n'attends pas sa permission pour me diriger vers la porte.

Dehors, je prends à droite et longe le couloir jusqu'au bout sans trouver de lavabos. Je repars dans le sens inverse, passe devant la classe, et finis par repérer ce que je cherchais ; je pousse la porte, espérant pouvoir m'isoler un peu, mais quelqu'un se tient devant les urinoirs, de dos. Sans me regarder dans la glace, je me concentre sur le robinet mais finis par m'agripper au meuble. J'inhale profondément.

Si je me regardais un peu, mon reflet pourrait sans doute déclencher un souvenir, ou au moins me donner l'impression de reconnaître quelque chose. *N'importe quoi.*

L'autre mec se retourne, s'appuie sur le lavabo, les bras croisés. Je lève les yeux vers lui, pour constater qu'il me fixe d'un air mauvais. Il a les cheveux incroyablement blonds, presque blancs, le teint très pâle, presque transparent, comme une méduse.

*Je me rappelle à quoi ressemble une méduse mais j'ignore ce que je vais trouver si je me regarde dans la glace ?*

— Tu en as une sale gueule, Nash ! lance-t-il avec un sourire moqueur.

*Nash ?*

Les autres m'appelaient Silas. Nash doit être mon nom de famille. Je devrais vérifier dans mon portefeuille, mais il n'y en a pas dans ma poche. Juste une liasse de billets. Évidemment, le portefeuille, c'est la première chose que j'ai cherchée après… enfin, après ce qui est arrivé.

Je bafouille une réponse :

— Je ne me sens pas trop bien.

Le type ne réagit pas tout de suite. Il continue de me dévisager comme Charlie, tout à l'heure, pendant le cours, quoique l'expression moins inquiète, et nettement plus contente. Grimaçant un sourire, il se redresse et je constate qu'il est plus petit que moi. Il se rapproche de moi, l'air de dire que s'il ne va pas plus loin c'est par souci de ma santé.

— On n'a toujours pas réglé le coup de vendredi soir, dit-il. C'est pour ça que tu es là ?

Les narines frémissantes, il serre et desserre les poings.

Je m'interroge mentalement sur la réaction à adopter : si je m'écarte de lui, je passerai pour un lâche. En revanche, si je m'avance, il le prendra pour une forme de provocation et je ne tiens pas du tout à m'expliquer avec lui pour le moment. Visiblement, on a un problème tous les deux sur ce que j'ai décidé de faire vendredi soir.

Je choisis la voie médiane en évitant toute réaction. *Joue les indifférents.*

Tranquillement, j'ouvre un robinet, contemple l'eau qui coule.

— On verra ça sur le terrain.

Je m'en veux aussitôt. Qui dit qu'il joue au football, lui aussi ? D'après sa taille, j'ai supposé que oui, mais sinon, ma réponse n'a aucun sens logique pour lui. Retenant mon souffle, je m'attends à qu'il rectifie ou se mette à brailler.

Mais rien de tout ça ?

Il reste un instant immobile puis, soudain, me bouscule d'un coup d'épaule et s'en va. Je prends de l'eau dans mes mains pour boire un peu, m'essuie la bouche du dos de la main et je… *me* dévisage.

Silas Nash.

Qu'est-ce que c'est que ce nom pourri, d'abord ?

Face à moi, il y a ces yeux noirs, que je ne reconnais pas. À croire que je ne les ai encore jamais vus, alors qu'en principe j'y ai eu droit tous les jours depuis que je suis assez grand pour me regarder dans une glace.

Je ne me sens pas plus en phase avec le reflet de cette personne qu'avec la fille qui serait — *d'après un certain Andrew* – celle que je « saute » depuis deux ans maintenant.

Je suis autant en phase avec cette personne qu'avec tous les aspects de ma vie en ce moment.

C'est-à-dire pas du tout.

Je ne peux m'empêcher de murmurer :

— Qui êtes-vous ?

La porte des toilettes s'entrouvre doucement et mes yeux passent de mon reflet à celui de l'entrée. Une main apparaît, je reconnais le vernis rouge de ses ongles. *La fille que je « saute » depuis plus de deux ans…*

— Silas ?

Je me redresse et me tourne carrément face à la tête qui passe dans l'embrasure. Nos yeux se croisent deux secondes. Elle porte aussitôt son attention sur les murs alentour.

— Je suis tout seul.

Elle acquiesce et finit par entrer, non sans hésitation. J'aimerais pouvoir la rassurer, lui faire comprendre qu'elle ne risque rien. Si seulement je me souvenais d'elle, de ce qui a pu faire notre relation… parce que je voudrais lui dire, tout lui dire. Il faut que je me confie à quelqu'un, afin que je puisse poser des questions.

Mais comment dire à sa copine qu'on ne sait pas qui elle est ? Ni qui on est soi-même ?

*On ne dit rien. On fait semblant, comme avec le reste du monde.*

Cent interrogations silencieuses traversent ses yeux et j'ai aussitôt envie de toutes les rejeter.

— Je vais bien, Charlie.

Je lui souris car il me semble que c'est la chose à faire.

— J'ai un peu froid, c'est tout. Retourne en cours.

Elle ne bouge pas.

Elle ne sourit pas.

Elle reste où elle est, pas vraiment affectée par mes instructions. Elle me fait penser à ces animaux à ressorts sur lesquels jouent les enfants. On peut les pousser dans tous les sens, ils rebondissent toujours. J'ai l'impression que si quelqu'un venait lui secouer les épaules, elle se pencherait en arrière, sans bouger les pieds, pour se redresser aussitôt.

Je ne me rappelle pas comment on appelle ces choses-là, mais je note mentalement de ne pas les oublier. Je me suis fait beaucoup de notes mentales, ces trois dernières heures.

*Je suis en terminale.*

*Je m'appelle Silas.*

*Nash doit être mon nom de famille.*

*Le nom de ma copine est Charlie.*

*Je joue au football.*

*Je sais à quoi ressemble une méduse.*

Charlie penche la tête de côté, le coin de ses lèvres se tord un peu. Elle ouvre la bouche et je l'entends respirer nerveusement. Quand enfin elle arrive à formuler une parole, j'ai envie de me cacher, de lui dire de fermer les yeux et de compter jusqu'à vingt, le temps que je m'éloigne assez pour ne pas entendre la suite.

— Quel est mon nom de famille, Silas ?

Sa voix s'envole comme une fumée, douce, légère, furtive.

Je ne saurais dire si elle possède une extraordinaire intuition ou si j'ai tant de mal à cacher que je ne sais rien du tout. Je me demande s'il faut ou non le lui avouer. Pour peu qu'elle me croie, elle pourrait bien répondre à beaucoup d'interrogations. Mais si elle ne me croit pas…

— C'est quoi cette question, ma belle ? dis-je avec un rire dédaigneux.

*Je l'ai appelée « ma belle » ?*

Elle avance d'un pas, puis d'un autre, et continue ainsi jusqu'à se trouver si près que je sens son parfum.

*De lys.*

Elle sent le lys, et je me demande bien comment je peux reconnaître le parfum des lys mais pas le nom de la personne qui se trouve en face de moi et qui sent leur odeur.

Elle ne m'a pas quitté des yeux un quart de seconde.

— Silas, dit-elle. Quel est mon nom de famille ?

Incapable de lui répondre, j'agrippe de nouveau le lavabo et, face à la glace, ce sont les reflets de nos regards qui se croisent.

— Ton nom de famille ?

J'ai de nouveau la bouche sèche et du mal à articuler.

Elle attend.

Et moi qui examine encore ce type inconnu en face de moi.

— Je… je ne m'en souviens pas.

Elle disparaît du reflet, suivie aussitôt d'un violent claquement. Ça me rappelle le bruit des poissons au marché de Pikes Place, quand on les jette sur le papier d'emballage.

*Clac !*

Je me retourne et la retrouve par terre, les yeux clos, les bras écartés. Je m'agenouille, lui soulève la tête et, bientôt, elle soulève les paupières.

— Charlie ?

Après avoir aspiré une goulée d'air, elle s'assied, se dégage de mes bras, me repousse, comme si je lui faisais peur. Je n'éloigne pas mes bras pour autant, au cas où elle tenterait de se relever, mais elle reste là, sur le carrelage.

— Tu t'es évanouie.

— J'ai cru comprendre.

Je n'ajoute rien. Je devrais sans doute pouvoir déchiffrer son expression, mais je suis incapable de dire si elle a peur, si elle est en colère ou…

— Je ne comprends pas, reprend-elle. Je… tu pourrais…

Là, elle essaie de se lever et je l'accompagne dans son mouvement. Apparemment, ça ne lui plaît pas, car elle plisse les yeux devant mes mains tendues prêtes à la rattraper si nécessaire.

Elle s'éloigne de moi, pose un bras en travers de sa poitrine et se remet à mordiller le pouce de l'autre main. Elle m'observe un bon moment, puis finit par fermer le poing.

— Tu ne savais pas qu'on avait cours ensemble après le déjeuner, lance-t-elle d'un ton accusateur. Tu ne connais pas mon nom de famille.

Bien obligé de l'avouer, je secoue la tête.

— De quoi tu te souviens ? demande-t-elle encore.

Elle a peur. Elle est inquiète, méfiante. Nos émotions sont identiques et c'est là que je crois comprendre.

Je ne la reconnais peut-être pas. Elle ne me reconnaît peut-être pas. Mais nos actions — notre attitude — sont exactement les mêmes.

— De quoi je me souviens ?

J'ai répété sa question pour me donner le temps de digérer mes soupçons.

Elle attend ma réponse.

— Histoire, dis-je en évoquant autant de souvenirs que possible. Livres. J'ai vu une fille faire tomber ses livres.

Je serre ma nuque dans ma main.

— Mon Dieu ! souffle-t-elle en se rapprochant de moi. C'est… c'est la première chose dont je me rappelle.

Une boule m'envahit la gorge.

— Je n'aime pas ça, continue-t-elle. Ça ne tient pas debout.

Elle semble calme. Plus que moi. Elle parle d'une voix ferme. Si je perçois une peur en elle, c'est tout au fond de ses yeux. Sans plus y réfléchir, je l'attire contre moi, mais je crois que c'est plus pour me rassurer que pour la mettre à l'aise. Elle ne se débat pas et, un court instant, je me demande si ça nous arrive souvent. Je me demande si nous sommes amoureux.

Je resserre mon étreinte, jusqu'à la sentir se crisper un peu.

— Il faut qu'on sache ce qui se passe, dit-elle en se détachant de moi.

Aussitôt j'ai envie de répondre que tout ira bien, que je vais trouver la réponse. Je suis submergé par un immense besoin de la protéger — sauf que je ne vois pas du tout par où commencer alors qu'on est tous les deux dans la même situation.

La cloche sonne, signalant la fin du cours d'espagnol. Dans quelques secondes, la porte des toilettes va certainement s'ouvrir. Il faut qu'on trouve quel est notre prochain cours. Je la prends par la main et l'entraîne derrière moi vers le corridor.

— On va où ? demande-t-elle.

Je la regarde par-dessus mon épaule.

— Aucune idée. J'ai juste envie de partir.

# 3

# Charlie

Ce mec, Silas, il me prend par la main et m'entraîne derrière lui comme un petit enfant. Et c'est exactement ce que je ressens – je suis comme un petit enfant dans un monde immense. Je ne comprends rien, je ne reconnais rien. Tandis qu'il m'emmène à travers les couloirs ordinaires de je ne sais quel lycée, je ne songe qu'à une chose : je me suis évanouie ; j'ai tourné de l'œil comme une demoiselle en détresse. Et tout ça sur le dallage des toilettes de garçons. *Répugnant.* J'en suis encore à me demander que faire, maintenant, quelles conclusions mon cerveau va tirer de tout cela, quand je me retrouve face à un problème autrement urgent. On débouche au grand soleil. Je me protège les yeux de ma main libre pendant que le dénommé Silas sort des clefs de son sac à dos. Il les brandit en cercle au-dessus de sa tête tout en appuyant sur le bouton d'alarme du gousset. Du fin fond du parking, on entend couiner une sonnerie.

On court dans sa direction, nos chaussures claquant sur l'asphalte comme si on était pourchassés. Ce qui est sans doute le cas. On tombe sur un impressionnant 4x4 qui domine toutes les autres voitures et les rend aussi minuscules qu'insignifiantes. Une Land Rover. Soit Silas conduit celle de son père, soit il profite de sa fortune. À moins qu'il n'ait pas de père. De toute façon, il ne peut pas me le dire. Et moi, comment je sais combien coûte ce véhicule ? J'ai gardé mes souvenirs du fonctionnement de la vie : les prix, le code de la route, les noms des présidents, mais pas le mien.

Il m'ouvre la portière passager tout en surveillant le lycée du coin de l'œil et j'ai l'impression de me faire avoir. Et si c'était lui qui avait monté ce piège ? S'il m'avait administré je ne sais quoi pour me faire perdre temporairement la mémoire, et qu'il me jouait la comédie ?

Sur le marchepied, je ne peux m'empêcher de lui demander :

— C'est vrai ? Tu ne sais pas qui tu es ?

— Non, c'est vrai.

Je le crois. Presque. Je me laisse tomber dans le siège.

Il me dévisage juste un peu trop longtemps puis claque la portière et court s'installer au volant. Je ne me sens pas bien. Comme si j'avais passé la nuit à boire. Je bois ? D'après mon permis, je n'ai que dix-sept ans. Je me mordille le pouce tandis qu'il démarre en appuyant sur un bouton. Je ne peux m'empêcher de lui demander :

— Comment tu as su que c'était ça ?
— Ça quoi ?
— Qu'on n'avait pas besoin de la clef pour faire démarrer la voiture.
— Je… je ne sais pas.
Je le regarde alors qu'il manœuvre pour quitter le parking. Il cligne beaucoup des yeux, me jette souvent des coups d'œil, se passe la langue sur la lèvre inférieure. À un feu rouge, il trouve le bouton Home sur le GPS et appuie dessus. Je suis impressionnée qu'il y ait pensé.
« Faites demi-tour », ordonne une voix de femme.
J'ai envie de lâcher prise, de sauter de cette voiture et de m'enfuir comme une biche effrayée. J'ai tellement peur…

* * *

Sa maison est gigantesque. Pas de voiture garée dans l'allée alors qu'on ralentit le long du trottoir et qu'il laisse le moteur ronronner.
— Tu es sûr que c'est chez toi ?
Il hausse les épaules.
— On dirait qu'il n'y a personne. On y va ?
J'acquiesce. Je ne devrais pas avoir faim, pourtant c'est le cas. J'ai envie d'entrer, de manger quelque chose ; mais aussi de rechercher si nos symptômes ne correspondent pas aux dégâts provoqués par une bactérie mangeuse de cerveaux qui aurait avalé nos souvenirs. Dans une maison comme celle-ci, il doit traîner plus d'un ordinateur portable. Silas conduit la voiture devant l'entrée et se gare. On descend

timidement en vérifiant si les buissons et les arbres ne vont pas nous tomber dessus. Il essaie plusieurs clefs de son trousseau et finit par ouvrir la porte d'entrée. À voir ses vêtements et sa coiffure, il a l'air d'un type qui se fiche de tout, tandis que ses épaules donnent plutôt l'impression qu'il attache de l'importance au moindre détail. Et puis il sent les odeurs du dehors : l'herbe, le pin, même la terre.

Il s'apprête à tourner la poignée quand je l'arrête :

— Attends !

Malgré mon ton affolé, il ne se retourne que très lentement.

— Et s'il y avait quelqu'un à l'intérieur ?

Il grimace un sourire.

— Justement, il pourra peut-être nous dire ce qui se passe…

Voilà, on entre à l'intérieur. On reste immobiles une minute, à regarder autour de nous. Je me suis tapie derrière Silas comme une vraie dégonflée. Il ne fait pas froid, pourtant je frissonne. Tout me paraît lourd, oppressant – les meubles, l'air, mon sac de bouquins pendu en bandoulière comme un poids mort. Silas avance dans le vestibule et je m'accroche à l'arrière de sa chemise pour pénétrer avec lui dans la salle de séjour. On passe ainsi de pièce en pièce ; on s'arrête quand on voit des photos aux murs. Deux parents souriants et bronzés sur une plage, serrant dans leurs bras deux garçons bruns tout aussi souriants.

— Tu as un petit frère, dis-je. Tu le savais ?

Il secoue la tête négativement. Sur les photos, les sourires se font de plus en plus rares à mesure que Silas et son mini-moi de petit frère grandissent.

Il y a beaucoup de boutons d'acné et d'appareils dentaires, de parents qui forcent sur le côté enjoué en attirant à eux des garçons crispés. On continue vers les chambres… les salles de bain. On examine les livres, on lit les étiquettes des flacons de médicaments trouvés dans l'armoire à pharmacie. Sa mère conserve des fleurs séchées dans toute la maison : entre les pages de ses livres de chevet, dans le tiroir de sa coiffeuse, alignées sur les étagères de la chambre à coucher. Je les touche une par une, en murmurant leur nom. Je me rappelle le nom de chaque fleur. Et ça me fait rire, sans que je sache pourquoi. Silas s'immobilise en entrant dans la salle de bain de ses parents et me trouve pliée en deux de rire.

— Désolée, j'ai eu un moment d'absence.

— Quel genre de moment ?

— Un moment où je me suis rendu compte que j'avais tout oublié au monde sur moi-même, pourtant, je sais ce que c'est qu'une jacinthe.

— Oui, soupire-t-il en contemplant ses mains.

— Tu penses qu'on devrait le dire à quelqu'un ? Au moins aller à l'hôpital ?

— Tu penses qu'ils nous croiraient ?

On se dévisage et je m'empêche encore de lui demander si tout cela n'est pas une farce. Mais non, c'est trop réel.

On entre alors dans le bureau de son père, on feuillette les papiers, on ouvre les tiroirs, sans trouver nulle part un début d'explication à ce qui nous arrive. Du coin de l'œil, je surveille Silas. S'il me joue une farce, c'est un sacré comédien.

*C'est peut-être une expérience...* Je fais peut-être partie d'un plan gouvernemental d'études psychologiques, et je vais me réveiller dans un labo. De son côté, il m'observe aussi. Je vois ses yeux me darder, qui m'interrogent... me jaugent. On ne parle pas beaucoup. Juste des « regarde ça ». Ou, « tu crois que ça signifie quelque chose ? ».

On ne se connaît pas assez pour en dire davantage.

Sa chambre arrive en dernier. Il me prend par la main quand on entre et je le laisse faire parce que j'ai de nouveau le vertige. La première chose que je vois, c'est une photo de nous sur son bureau. Je porte un déguisement, un tutu trop court imprimé léopard et des ailes d'ange noir élégamment ouvertes derrière moi. Mes yeux sont soulignés par de longs cils étincelants. Silas, lui, c'est l'ange blanc, et ça lui va très bien. *Le bien contre le mal.* C'était à ça qu'on jouait dans la vie ?

— Nuls, ces costumes, dis-je.

Il sourit puis se remet à inspecter les lieux.

Quant à moi, j'examine les photos encadrées qui, là aussi, tapissent les murs : un SDF avachi au pied d'un immeuble, enroulé dans une couverture ; une femme assise sur un banc, qui pleure dans ses mains. Une gitane, les bras autour du cou, qui fixe l'objectif d'un œil éteint. Clichés plutôt morbides. Ça me donne envie de m'enfuir. J'ai honte. Je ne comprends pas comment on peut avoir envie de prendre ce type de portraits, pis encore, d'en décorer sa chambre pour les voir tous les jours.

C'est là que je découvre le coûteux appareil photo posé sur le bureau, à la place d'honneur sur une pile d'albums. Un artiste… Ce sont donc ses œuvres ? Silas aussi les examine, comme s'il cherchait à les reconnaître. Pas la peine de lui poser la question. J'ouvre le placard pour inspecter ses vêtements, m'approche de la précieuse commode d'acajou.

Je suis si fatiguée ! J'ai envie de m'asseoir, mais il me fait signe de le rejoindre.

— Viens voir ça.

Il me montre son lit défait. Il a le regard brillant et, devrais-je dire… choqué ? C'est là que je comprends, et je sursaute.

— Oh, mon Dieu !

# 4

# Silas

J'écarte l'édredon pour mieux voir le foutoir au pied du lit. Des traces de boue séchée sur le drap. Quand je le tends, des résidus crottés roulent et tombent au sol.

— C'est…

Charlie vient me donner un coup de main pour dégager le drap housse.

— C'est du sang ?

Elle appuie sa question d'un geste du menton vers l'oreiller où apparaît une empreinte de main à demi effacée. Aussitôt je regarde les miennes.

Rien. Aucune trace de sang ni de boue.

Je m'agenouille à côté du lit, place la paume droite sur l'empreinte. Ça correspond parfaitement. Enfin… « parfaitement », façon de parler. Charlie a détourné les yeux, comme si elle ne voulait pas vérifier si ça provenait de moi ou non.

Car maintenant, voilà un problème supplémentaire qui vient s'ajouter aux autres. On en a tellement à résoudre qu'ils forment une pile sur le point de s'effondrer.

— Ce doit être mon propre sang, dis-je davantage pour moi-même que pour elle.

J'essaie de chasser les idées qui peuvent se former dans sa tête.

— Je suis peut-être tombé cette nuit.

J'ai l'impression de chercher des excuses pour quelqu'un qui n'est pas moi, plutôt pour un de mes amis. Ce type, *Silas*… En tout cas, pas moi.

— Tu étais où, cette nuit ?

Ce n'est pas une vraie question, juste une chose à laquelle on pense tous les deux. Je récupère le drap du dessus et l'édredon que je repose sur le lit pour masquer un peu le foutoir. Les preuves. Les indices. Quoi qu'il en soit, je veux les couvrir.

— Qu'est-ce que ça veut dire ? demande-t-elle en brandissant un morceau de papier.

Je la rejoins, lui prends le papier qui semble avoir été plié et replié à plusieurs reprises, au point qu'un petit trou s'est formé en son centre. Il contient cette phrase écrite en travers de la page : ***Ne jamais arrêter. Ne jamais oublier.***

Je le jette sur le bureau, pour m'en débarrasser. Ça ressemble trop à une preuve aussi. Je ne veux pas y toucher.

— Aucune idée.

Je voudrais boire de l'eau. La seule boisson dont je me rappelle le goût. Sans doute justement parce qu'elle n'en a pas.

— C'est toi qui as écrit ça ? me demande-t-elle.

— Comment veux-tu que je le sache ?

Je n'aime pas le ton de ma voix. J'ai l'air exaspéré. Je ne veux pas qu'elle croie m'exaspérer.

Elle file chercher son sac à dos, en sort un stylo, revient avec.

— Copie-la.

C'est un ordre, pur et simple. Je roule le stylo entre mes doigts, les passe sur l'inscription en relief sous le capuchon.

GROUPE FINANCIER WYNWOOD-NASH.

— Vérifie si ton écriture correspond.

Ce disant, elle tourne la page pour me présenter l'envers blanc. Son regard a beau m'émouvoir un peu, je suis en colère.

Je n'aime pas qu'elle accorde tant d'importance à ce détail. Je tiens le stylo de la main droite et c'est désagréable. Je le passe dans la gauche et ça va tout de suite mieux. *Je suis gaucher.*

J'écris les mots de mémoire et, une fois qu'elle a pu voir mon écriture, je reviens à la page précédente.

Ce n'est pas le même graphisme. Le mien est anguleux, serré. L'autre est large et imprécis. Charlie prend le stylo à son tour et trace les mots.

Cela correspond parfaitement. On examine tous les deux le papier sans vraiment savoir ce qu'il peut signifier, si ce n'est rien du tout, ou, si ça peut tout expliquer. La boue sur mes draps pourrait tout expliquer. La trace de main ensanglantée pourrait tout expliquer. Le fait qu'on puisse se rappeler les éléments de base mais pas les gens pourrait tout expliquer. Les vêtements que je porte, la couleur de son vernis à ongles, l'appareil photo sur mon bureau, les portraits sur mon mur, la pendule au-dessus de la porte, le verre à moitié rempli d'eau sur le bureau… Je fais le tour de la pièce pour regarder une nouvelle fois. Chaque détail pourrait *tout* expliquer.

Ou ne rien expliquer du tout.

Je ne sais pas ce qu'il faut cataloguer dans mon esprit et ce qu'il faut écarter. Il suffirait peut-être que je m'endorme pour me réveiller demain complètement normal.

— J'ai faim, dit-elle.

De longues mèches me cachent une partie de son visage. Elle est belle mais n'en semble pas plus fière que ça. À moins que je ne sois pas censé apprécier. Tout en elle me captive, un peu comme à la fin d'un orage. En principe, on n'apprécie pas trop les désordres que peut nous infliger la nature, pourtant on a quand même envie de regarder. Charlie évoque les dégâts laissés par une tornade.

Comment est-ce que je sais ça ?

Pour le moment, elle a l'air de m'examiner. J'ai envie de prendre une photo d'elle. Mon estomac se noue, je ne sais pas si c'est la faim ou une réaction devant la fille en face de moi.

— On descend, lui dis-je.

Je lui tends son sac à dos, saisis l'appareil photo.

— On va manger et discuter de tout ça.

Elle passe devant moi, s'arrête devant tous les cadres accrochés entre ma chambre et le bas de l'escalier, passant chaque fois le doigt sur les clichés de mon visage. Juste le mien. Comme si elle essayait de mieux me comprendre ainsi. J'ai envie de lui dire qu'elle perd son temps. Le gars qui a posé pour ces photos, ce n'était pas moi.

Une fois arrivés en bas, on est accueillis par un cri strident. Charlie s'immobilise et je lui rentre dedans. La personne qui a crié est une femme qui se tient sur le seuil de la cuisine.

Ses yeux écarquillés vont et viennent entre nous, passant de l'un à l'autre.

Une main sur le cœur, elle pousse un énorme soupir.

Elle n'apparaît sur aucune de ces photos ; c'est une personne d'une soixantaine d'années, aux cheveux gris tirés en arrière, un peu enveloppée ; elle porte un tablier où apparaissent ces mots : *« Je cuisine mais ne me cuisinez pas »*.

— Seigneur, Silas, tu m'as fait la peur de ma vie !

Là-dessus, elle retourne dans sa cuisine.

— Vous deux, ajoute-t-elle, vous feriez mieux de retourner au lycée avant que ton père ne s'en aperçoive. Ne comptez pas sur moi pour raconter des mensonges.

Charlie reste figée devant moi, alors je la pousse un peu. Elle se retourne.

— Tu connais…

Je secoue la tête. Elle voulait savoir si je connaissais cette femme. La réponse est non. Je ne *la* connais pas. Je ne connais pas *Charlie*, je ne connais pas la famille sur ces portraits.

En revanche, je *reconnais* l'appareil photo dans ma main. J'ignore comment je peux me souvenir des moindres détails de son fonctionnement alors qu'il m'est impossible de me rappeler comment j'ai appris à m'en servir. Je sais régler la sensibilité, la vitesse pour donner à un torrent l'aspect d'un filet d'eau ou détailler chaque goutte. Cet objectif permet de souligner à volonté le moindre détail, comme la courbe de la main de Charlie, ou ses cils autour de ses yeux, pour faire disparaître tout le reste dans une sorte de flou. Je connais mieux le maniement de cet appareil que la voix de mon petit frère.

J'en passe la courroie autour de mon cou et suis Charlie dans la cuisine. Elle marche d'un pas décidé. Elle ne perd pas son temps. Quand elle veut aller quelque part, elle y va. Quand elle dit quelque chose, c'est toujours précis. Où qu'elle pose les yeux, elle contemple la chose avec une totale intensité, comme si cela lui suffisait à en déterminer le goût, l'odeur, le son, la sensation. Et elle ne s'arrête pas sur les détails qui ne concernent pas ses objectifs. Autant oublier le parquet, les rideaux, les photos où je n'apparais pas. Elle ne va pas perdre son temps à s'arrêter sur des détails qui ne servent à rien.

C'est pour cette raison que je la suis dans la cuisine. Je ne vois pas vraiment ce qu'elle compte y faire, tâcher de capter quelques informations auprès de la gouvernante, ou, tout simplement, chercher de quoi rassasier sa faim.

Elle prend place devant le large bar, tire un tabouret pour moi, tapote dessus sans me regarder. Je m'assieds, pose mon appareil devant moi tandis qu'elle ouvre son sac à dos.

— Ezra, je meurs de faim. Il y a quelque chose à manger ?

Le cœur dans les chaussettes, je fais volte-face. *Comment sait-elle son nom ?*

Mais Charlie secoue la tête.

— Calme-toi, souffle-t-elle. C'est écrit là.

Elle me montre une note — une liste de courses — posée devant nous, un bloc rose personnalisé, orné de chatons en bas de page. En haut apparaît l'inscription : ***« Ce qui fait ronronner Ezra ».***

La femme ferme un placard et s'adresse à Charlie :

— Ça vous a mise en appétit d'être là-haut ? Au cas où vous ne seriez pas au courant, on sert d'excellents déjeuners dans votre lycée et, d'habitude, c'est là où vous vous trouvez à cette heure-là.

— On y sert des croquettes ?

Je n'ai pu m'empêcher d'envoyer cette vanne et Charlie éclate de rire. Cette belle humeur nous apporte un souffle d'air frais, même si Ezra lève les yeux au ciel. Du coup, je me demande si j'étais du genre marrant. Je souris aussi, parce que si elle n'a pas réagi lorsque Charlie l'a appelée Ezra, ça signifie qu'elle porte bien ce nom.

Je passe une main sur la nuque de Charlie. Elle frémit mais se détend presque aussitôt quand elle se rend compte que ça fait partie de nos personnages. *N'oublie pas qu'on est amoureux.*

Je me tourne vers Ezra :

— Charlie ne se sentait pas bien, alors je l'ai amenée ici pour qu'elle puisse se reposer un peu, seulement elle n'a rien avalé aujourd'hui. Elle pourrait manger quelque chose pour se sentir mieux ? De la soupe ou des crackers, par exemple ?

L'expression d'Ezra s'adoucit quand elle voit l'affection dont je fais preuve envers Charlie. Elle attrape un torchon, le lance sur son épaule.

— Voyons, Char. Que diriez-vous d'une tranche de ma spécialité au fromage grillé ? C'était votre plat préféré quand vous veniez ici.

Ma main se crispe sur le cou de Charlie. *Quand vous veniez ici ?* On échange un regard chargé d'interrogations.

— Merci, Ezra, dit-elle enfin.

Celle-ci sort divers ingrédients du réfrigérateur qu'elle referme d'un coup de hanche : beurre, mayonnaise, pain, fromage, et encore du fromage, du *parmesan*. Elle met une poêle à chauffer.

— Je t'en fais à toi aussi, Silas. Tu as dû attraper les microbes de Charlie, car tu ne m'avais jamais autant parlé depuis ta puberté.

Très fière de son commentaire, elle pouffe de rire.

— Et pourquoi je ne parlerais pas ?

Charlie m'envoie un coup de pied discret, me fait les gros yeux. Je n'aurais pas dû demander ça.

Ezra met un peu de beurre sur un couteau, l'étale sur une tartine.

— Oh ! tu sais, dit-elle en haussant les épaules, les petits garçons grandissent, deviennent des hommes. Les gouvernantes cessent d'être *tante Ezra* et retournent dans leur cuisine.

Elle a prononcé cette dernière phrase d'un ton triste. Je fais la grimace, parce que je n'aime pas entendre de tels détails sur mon cas. Je ne veux pas que *Charlie* les apprenne.

Je prends l'appareil photo, l'allume. Charlie se met à vider son sac, inspectant tout ce qu'il contient.

— Oh, oh ! lance-t-elle.

Elle a sorti un téléphone portable. Je me penche sur son épaule, vois qu'elle a manqué sept appels, et encore plus de textos. Tous signés « Maman ».

Elle ouvre le plus long des messages, envoyé il y a exactement trois minutes.

**Tu as trois minutes pour me rappeler.**

Apparemment, je n'avais pas réfléchi aux conséquences si on séchait les cours. Entre autres, la réaction de parents que nous ne connaissons même pas.

— Il faut y aller, lui dis-je.

On se lève en même temps. Elle jette son sac sur son épaule, je prends mon appareil.

— Attendez ! lance Ezra. Le premier sandwich est presque prêt.

Elle sort deux Sprite du frigo, nous les tend.

— C'est bon pour l'estomac, affirme-t-elle.

Après quoi, elle enveloppe le sandwich au fromage grillé dans une serviette en papier. Charlie attend déjà devant la porte d'entrée. À l'instant où je vais sortir, Ezra me serre le poignet.

— Ça fait plaisir de la revoir ici, murmure-t-elle. Je m'inquiétais. Après ce qui s'est passé entre vos deux pères, j'avais peur que ça ne retombe sur vos relations. Mais cette fille, tu l'aimais déjà avant de savoir marcher.

Le temps de digérer ces informations, je ne sais que répéter :

— Ha, ha, avant de savoir marcher…

Elle me sourit comme si elle détenait la clef de mes secrets.

— Silas ! appelle Charlie.

Après un dernier sourire à Ezra, je file vers le vestibule. On ouvre la porte au moment où retentit la sonnerie du téléphone de Charlie. Elle est tellement surprise qu'elle le laisse tomber par terre. Elle s'agenouille pour le ramasser.

— C'est elle, dit-elle en se relevant. Qu'est-ce que je dois faire ?

— Tu devrais répondre.

Mais Charlie se contente de contempler l'écran lumineux, alors je lui prends l'appareil des mains, appuie sur la touche puis le lui colle contre l'oreille.

— Allô ?

On se dirige vers la voiture et j'entends des bribes de phrases échappées du combiné : « Grave bêtise », « Rater le lycée », « Qu'est-ce qui t'arrive ? ».

Les invectives se poursuivent jusqu'à ce qu'on se retrouve tous les deux assis dans la voiture, portières fermées. Je démarre et la voix de la femme se calme un instant. Soudain, elle retentit dans les haut-parleurs. *Le Bluetooth. Je me rappelle ce que c'est que le Bluetooth.*

Je place les sodas et le sandwich sur la console centrale puis recule pour sortir de l'allée. Charlie n'a pas encore pu placer un mot mais elle lève les yeux au ciel quand je la dévisage.

— Maman, finit-elle par lâcher en essayant de l'interrompre. Maman, j'arrive. Silas m'amène à ma voiture.

Grand silence. D'une certaine façon, la mère de Charlie est encore plus intimidante quand elle ne crie *pas* au bout du fil. En reprenant la parole, elle parle lentement, appuyant chaque mot :

— Ne me dis pas que tu as laissé *cette famille-là* t'acheter une voiture !

On se regarde et je la vois articuler un « merde » silencieux.

— Je… non. Non, je voulais dire que Silas me ramène à la maison. Je serai là dans quelques minutes.

Là-dessus, elle passe la main sur l'écran pour essayer de couper la communication. J'appuie sur le bouton de déconnexion au volant pour la couper moi-même.

Elle se tourne vers sa fenêtre, pousse un profond soupir, marquant la vitre d'une petite auréole de buée.

— Silas ? Je crois que ma mère est une vraie salope.

Je ris mais ne proteste pas.

On ne dit plus rien pendant quelques kilomètres. Je me répète mentalement les dernières paroles échangées avec Ezra. Dire qu'elle n'est même pas de ma famille, alors qu'est-ce que doit ressentir Charlie après avoir parlé avec sa vraie mère ? D'un côté, on devait chacun espérer qu'en reprenant contact avec un parent on aurait pu retrouver la mémoire. Je vois bien, à la réaction de Charlie, qu'elle n'a strictement rien reconnu chez la femme avec qui elle vient de discuter au téléphone.

— Je n'ai pas de voiture, observe-t-elle en dessinant sur la vitre. J'ai dix-sept ans. Je me demande pourquoi je n'ai pas de voiture.

Ce qui me rappelle que je suis toujours sur la route du lycée, non de chez elle.

— Tu ne saurais pas où tu habites, par hasard ?

Elle écarquille les yeux mais récupère vite sa confiance en elle. C'est fou comme je lis mieux les expressions de son visage, maintenant, en comparaison de ce matin. Je lis en elle comme dans un livre dont j'ai soudain envie de dévorer chaque page.

Elle sort son portefeuille de son sac à dos, lit à haute voix l'adresse sur son permis.

— Gare-toi, ajoute-t-elle, pour qu'on la cherche sur le GPS.

— Pas la peine, je peux le programmer à partir du volant.

Je la sens qui m'observe d'un œil méfiant.

— Non, dis-je alors, je ne sais pas comment ça m'est revenu.

Une fois l'adresse entrée, je fais demi-tour et prends la direction de sa maison. On est à dix kilomètres. Elle ouvre les deux sodas, partage le sandwich en deux, me tend ma part. On roule la plus grande partie du chemin sans rien dire. J'ai envie de lui prendre la main pour la réconforter, de lui dire des choses rassurantes. Si on était hier, je suis sûr que je l'aurais fait sans arrière-pensée. Mais on n'est pas hier. On est aujourd'hui et Charlie et moi sommes complètement étrangers l'un à l'autre.

À quelques mètres de l'arrivée, elle finit par parler, mais juste pour commenter :

— Délicieux, ce sandwich au fromage grillé. Dis-le de ma part à Ezra.

Je ralentis. On roule bien en dessous de la vitesse limite quand j'atteins sa rue et, bientôt, je m'arrête le long du trottoir. Elle regarde par la fenêtre, examine chaque maison. De petits pavillons de plain-pied, avec des garages d'une voiture. Chez moi, la cuisine est plus grande que la plupart d'entre eux.

— Tu veux que j'entre avec toi ?

— Pas sûre… J'ai l'impression que ma mère ne t'aime pas beaucoup.

Elle a raison. Je voudrais bien savoir à qui cette dame faisait allusion en parlant de « cette famille-là ». De même, quand Ezra a parlé de nos pères…

— Je crois que c'est celle-ci, dit Charlie en montrant une maison.

Je coupe le moteur et glisse en roue libre dans sa direction. C'est de loin la plus belle demeure du quartier, mais juste parce que la pelouse a été récemment tondue et que la peinture des fenêtres ne s'écaille pas.

Ma voiture finit par s'arrêter devant l'entrée et nous pouvons évaluer à loisir les différences de nos lieux de résidence. J'ai du mal à imaginer à quel point je vais me sentir seul sans Charlie cette nuit, tant elle a su, jusque-là, me protéger de cette difficile réalité.

— S'il te plaît, dis-je en actionnant le frein à main. Vérifie si tu as mon nom dans ton carnet d'adresses et tâche de faire sonner mon portable. Je voudrais savoir s'il se trouve dans les parages.

Hochant la tête, elle fait défiler sa liste de contacts puis porte l'appareil à son oreille, en se mordant les lèvres pour masquer ce qui ressemble à un sourire.

À l'instant où je vais lui demander ce qui l'amuse tant, une sonnerie étouffée retentit dans la boîte à gants. Je la soulève et trouve un téléphone dans le casier. Sur l'écran apparaît le nom de l'appelant :

**Charlie chérie**

Voilà qui répond à ma question. Elle aussi doit m'avoir donné un surnom. Je glisse le doigt sur l'écran pour décrocher puis réponds :

— Salut, *Charlie chérie* !

Elle éclate d'un rire que j'entends à la fois en direct et dans mon portable.

— J'ai l'impression, commente-t-elle, qu'on formait un couple assez ringard, *Silas chéri*.

— Comme tu dis.

Elle ne répond rien car elle s'est remise à contempler la maison.

— Appelle-moi à la première occasion, d'accord ?

— Promis, dit-elle.

— Tu as sans doute tenu un journal. Ça pourrait nous aider.

— Promis, dit-elle encore.

On est là, tous les deux, avec nos portables à l'oreille. Je ne sais pas si elle hésite à sortir parce qu'elle a peur de ce qu'elle va trouver là-bas ou parce qu'elle n'a pas envie de quitter la seule personne qui comprenne sa situation.

— Tu crois que tu vas en parler à quelqu'un d'autre ?

— Non, marmonne-t-elle en éteignant son écran. Je ne veux pas qu'on me prenne pour une folle.

— Tu n'es pas folle. Tu vois bien que ça nous arrive à tous les deux.

Elle serre les dents, remue à peine la tête.

— Exact. Si ça m'arrivait à moi seule, ce serait facile d'en conclure que je perds la boule. Tandis que là, on est *deux* à vivre la même situation, donc c'est autre chose. Et ça me fait peur, Silas.

Elle ouvre la portière et sort. Comme j'abaisse sa vitre, elle s'accoude à la fenêtre, désigne la maison derrière elle.

— Il y a des chances pour que je n'y trouve pas de gouvernante qui va me préparer un sandwich au fromage grillé.

Je m'arrache un sourire.

— Tu connais mon numéro. Appelle si tu veux que je vienne à ton secours.

Son sourire forcé fait place à une grimace.

— Comme une demoiselle en détresse ? lâche-t-elle en levant les yeux au ciel.

Elle attrape son sac à dos resté sur le siège.

— Souhaite-moi bonne chance, *Silas chéri*.

Je déteste cet adieu sarcastique.

# 5

# Charlie

— Maman ?

Ma voix me trahit. C'est plutôt un couinement qu'un appel. Je m'éclaircis la gorge.

— Maman ?

Elle surgit au coin du couloir, telle une voiture sur les chapeaux de roue. Je recule de deux pas, me retrouve le dos à la porte.

— Qu'est-ce que tu fichais avec *ce* garçon ?

Elle empeste l'alcool.

— Je… il m'a ramenée du lycée.

Je plisse le nez, respire par la bouche. Elle envahit mon espace personnel. Je saisis la poignée de la porte derrière moi, au cas où je devrais m'éclipser. Moi qui espérais ressentir quelque chose en apercevant celle qui m'a donné le jour, et même voir rejaillir mille souvenirs, une forme de confiance… je m'écarte de l'inconnue qui se dresse face à moi.

— Tu as séché le lycée. Tu étais avec ce type ! Explique-toi.

Ça pue trop.

— Je me sens… mal fichue. Je lui ai demandé de me ramener. Pourquoi tu es saoule en pleine journée ?

Elle roule des yeux et, un instant, j'ai l'impression qu'elle va me battre. Mais, au dernier moment, elle recule, se laisse glisser contre le mur, s'assied par terre, les joues pleines de larmes. Je me détourne.

Bon, d'accord, je ne m'attendais pas à ça.

Les cris, ça va, j'assume. Tandis que les pleurs me désarçonnent. Surtout quand ils proviennent d'une personne totalement inconnue à qui je ne sais pas quoi dire. Je m'écarte à l'instant où elle éclate en sanglots. J'ignore si ça lui arrive souvent, alors j'hésite sur le seuil du salon. Finalement, je la laisse à ses larmes pour essayer de trouver ma chambre. Je ne peux rien pour elle. Après tout, je ne la connais pas.

Si seulement je pouvais me cacher jusqu'à ce que je trouve une solution ! Au moins savoir qui je suis. La maison est plus petite que je ne pensais. Je me suis à peine éloignée de ma mère en train de chialer par terre que je me retrouve entre la cuisine et le salon, déjà minuscules et pourtant remplis de meubles qui ne collent pas avec le reste. Beaucoup trop beaux pour cet endroit. Ensuite, je vois trois portes. La première est ouverte, sur un lit couvert d'un plaid écossais. La chambre de mes parents ? En tout cas pas la mienne, je préfère les fleurs. La deuxième porte donne sur une salle de bain. La troisième ouvre sur une autre chambre. J'entre. Deux lits. Ça me fait grincer des dents. On est donc plusieurs enfants.

Je ferme derrière moi, j'inspecte les lieux. J'ai une sœur; d'après ses affaires, elle est plus jeune que moi, il suffit de voir les affiches criardes qui ornent son coin. Mon côté est nettement plus simple: un lit couvert d'un édredon violet et une photo noir et blanc encadrée. Je devine aussitôt qu'il s'agit d'une œuvre de Silas. Une grille cassée pendue à ses gonds, aux pics de métal rouillé dévorés de vigne vierge – pas aussi sombre que les clichés dont il a décoré sa chambre, ce qui est préférable pour un cadeau. Un tas de livres traîne sur la table de nuit. J'en attrape un pour lire le titre quand mon téléphone tinte, c'est Silas.

Ça va ?

Je crois que ma mère est alcoolique et que j'ai une sœur.

Sa réponse arrive quelques secondes plus tard.

Sais pas quoi dire. Trop zarbi.

Je range mon appareil en riant. J'ai envie de fouiner un peu, de voir si je ne trouve pas quelque chose de suspect. Mes tiroirs sont nets. Je dois avoir des TOC. Je fouille parmi les chaussettes et les sous-vêtements pour voir si je peux me mettre en pétard.

Il n'y a rien dans mes tiroirs, rien dans ma table de nuit. Je trouve une boîte de préservatifs cachés dans un sac sous le lit. Je cherche un journal, des messages écrits par des amis, mais rien. Je suis un humain stérile, sans intérêt, si ce n'est pour ce cadre au-dessus du lit.

Ma mère est restée dans la cuisine. Je l'entends renifler tout en se préparant quelque chose à manger. *Elle est saoule.* Si j'en profitais pour lui poser des questions ? Elle aura tout oublié dans une heure.

— Hé, euh… maman, dis-je en venant me planter devant elle.

Elle cesse de beurrer ses toasts, lève sur moi ses yeux vitreux.

— Comme ça j'ai eu un drôle de comportement, cette nuit ?

— Cette nuit ? répète-t-elle.

— Oui. Tu sais… quand je suis rentrée.

Elle se remet à étaler du beurre avec son couteau.

— Tu étais très sale, bafouille-t-elle. Je t'ai dit de prendre une douche.

Ça me fait penser à la boue et aux feuilles dans le lit de Silas. Autrement dit, nous étions sans doute ensemble.

— À quelle heure je suis rentrée ? Mon téléphone était mort.

— Vers les dix heures.

— J'ai dit quelque chose… de spécial ?

Elle se détourne vers l'évier, attrape un toast au passage, mord dedans.

— Maman ! Écoute quand je te parle. Réponds-moi.

Pourquoi est-ce que ça ne m'étonne pas ? Moi qui interroge, elle qui regarde ailleurs…

— Non, finit-elle par lâcher.

Tout d'un coup, j'ai une idée : mes habits d'hier soir. Derrière la cuisine, il y a un petit réduit où s'entassent lave-linge et sèche-linge. J'ouvre la porte de la machine à laver, y trouve un petit tas de vêtements humides. Je les sors. Ils correspondent à ma taille. J'ai dû les y jeter cette nuit, comme pour effacer des preuves. *Preuves de quoi ?* Je fouille dans les poches du jean, en tire un papier plié en quatre, complètement trempé, collé. Je rejette le jean et emporte le papier dans ma chambre. Impossible de le déplier sans risquer de le déchirer. Mieux vaut le déposer sur le rebord de la fenêtre en attendant qu'il sèche.

Je textote à Silas :

**Tu es où ?**

J'attends quelques minutes et, comme il ne répond pas, j'essaie encore :

**Silas !**

Je me demande si je fais toujours ça. Insister jusqu'à ce qu'il réponde.

J'envoie cinq messages de plus avant de lancer mon portable à travers la pièce et d'enfouir le visage dans l'oreiller de Charlie Wynwood pour pleurer. Qui sait si Charlie Wynwood pleure jamais ? À voir sa chambre, elle n'a aucune personnalité. Sa mère est alcoolique, sa sœur fan de musique pourrie. D'ailleurs, comment puis-je savoir que les posters au-dessus du lit de ma sœur comparent l'amour à un *boom* et à un *clap*, sans me rappeler le nom de cette sœur? Je commence à inspecter ses affaires, pour essayer de le trouver.

— Ding, ding, ding! dis-je en attrapant le journal blanc à pois rose caché sous son oreiller.

Je le pose sur son lit, l'ouvre.

Propriété de Janette Élise Wynwood.

Défense de lire!

Sans tenir compte de l'avertissement, je passe à la première page, intitulée :

Charlie m'emmerde.

Ma sœur est l'être le plus nul de la planète. J'espère qu'elle va mourir.

Je ferme le journal, le remets à sa place. Ça commence bien. Ma famille me déteste. Quel genre de personne faut-il être pour que votre famille vous haïsse ainsi? À l'autre bout de la chambre, mon téléphone m'annonce un texto. Je saute dessus, soulagée que Silas me réponde enfin. En fait, il y a deux messages. Dont l'un d'Amy :

T'es où ?!!

Et l'autre d'un certain Brian :

Salut, on s'est manqués aujourd'hui. Tu lui as dit ?

À qui ? Lui dire quoi ?

Je repose mon portable sans répondre à personne. Je décide de me replonger dans le journal, en passant directement à ce que Janette a écrit sur moi hier soir.

*Je vais avoir besoin d'un appareil mais on n'a pas d'argent. Charlie en a eu un.*

Je passe la langue sur mes dents. Ouais, elles sont bien droites.

*Ses dents sont droites et parfaites tandis que je vais en avoir une de travers toute ma vie. Maman a promis de me payer l'appareil mais depuis que ce truc s'est produit avec l'entreprise de papa, on n'a plus de fric pour les trucs normaux. J'aime pas emporter des déjeuners tout préparés à l'école. J'ai l'impression d'être à la maternelle !*

Je saute un paragraphe où elle raconte son dernier cours. Elle se lance également dans une longue diatribe sur son absence de menstruation quand elle ne peut plus rédiger son journal à cause de ma pomme.

*Il faut que j'arrête. Charlie vient de rentrer et elle pleure. Ça ne lui arrive pas souvent. J'espère que Silas a rompu avec elle. Ce serait bien fait pour elle.*

Ainsi, je pleurais en rentrant hier soir ? Je vais voir sur le bord de la fenêtre le papier qui semble avoir un peu séché. J'arrive à le déplier doucement et vais m'appuyer sur le bureau que nous semblons partager ma sœur et moi. L'encre s'est légèrement effacée mais je devine qu'il s'agit d'un reçu. J'envoie un texto à Silas.

Silas, il faudrait que tu viennes me chercher.

J'attends encore, de plus en plus irritée par le temps qu'il met à répondre. Je suis impatiente, dirait-on.

Il y a un certain Brian qui m'envoie des messages. Il a l'air de me draguer. Je peux lui demander de m'emmener si tu es pris…

Mon portable bipe une seconde plus tard.

Tu rigoles ! J'arrive.

Je souris.

Je ne devrais pas avoir de mal à me glisser hors de la maison puisque ma mère cuve sur son canapé. Je la regarde un moment, essayant désespérément de me souvenir de son visage. Elle ressemble à Charlie, en plus vieux. Avant de sortir attendre Silas, je remonte sa couverture sur elle, puis je vais prendre deux sodas dans le vieux frigo.

— À plus, maman.

# 6

# Silas

Je ne sais pas si je retourne la chercher par instinct de protection ou de propriété. De toute façon, je n'aimerais pas qu'elle demande à quelqu'un d'autre. D'ailleurs, qui est ce mec, Brian ? Et pourquoi croit-il pouvoir la draguer par textos quand il sait très bien qu'on est ensemble, Charlie et moi ?

Je tiens encore mon portable à la main quand il vibre de nouveau. Pas de numéro sur l'écran, juste un mot, « Frangin ».

— Allô ?

— Qu'est-ce que tu fous ?

Une voix de garçon, qui ressemble beaucoup à la mienne. Je regarde autour de moi, mais je ne reconnais rien dans le carrefour que je traverse.

— Je suis dans ma voiture.

— Sans déc, marmonne-t-il. Si tu continues à

rater l'entraînement, tu assisteras au prochain match sur le banc de touche.

Le Silas d'hier en aurait sans doute été furieux. Celui d'aujourd'hui est soulagé.

— Quel jour on est ?

— Mercredi. Hier c'était mardi, demain jeudi. Viens me chercher, l'entraînement est terminé.

Il n'a donc pas sa propre voiture ? Je ne connais pas ce gamin et il m'encombre déjà. Preuve que c'est bien mon frère.

— Je dois d'abord aller chercher Charlie.

Silence, puis :

— Chez elle ?

— Oui.

Autre silence.

— Tu as envie de mourir ?

Franchement, j'en ai assez d'ignorer ce que tout le monde sait. Pourquoi n'aurais-je pas le droit d'aller chez Charlie ?

— Comme tu veux, ajoute-t-il. Mais dépêche-toi.

Et il raccroche.

* * *

Elle m'attend dans la rue, face à sa maison, deux sodas dans les mains ; elle les tient telles des grenades qu'elle s'apprêterait à jeter sur la façade. Je ralentis, m'arrête non loin d'elle.

Elle n'est pas habillée comme tout à l'heure ; une longue jupe noire lui couvre les pieds et elle porte une écharpe autour du cou et des épaules. Malgré son tee-shirt marron à manches longues, elle semble avoir froid. Un coup de vent agite ses vêtements, elle ne réagit pas, elle ne cligne même pas des yeux, perdue dans ses pensées.

*Je suis perdu en elle.*

Quand je me mets au point mort, elle tourne la tête vers moi puis baisse les yeux. Elle vient ouvrir la portière passager, s'assied à côté de moi. Son silence semble implorer le mien, alors je ne dis rien et nous prenons la direction du lycée. Au bout d'un certain temps, elle finit par se détendre, pose un pied botté sur le tableau de bord.

— On va où ?

— Mon frère a appelé. Il veut que je le ramène.

Elle hoche la tête. Alors je préfère préciser :

— Je crois que j'ai manqué l'entraînement de football aujourd'hui.

À mon ton apathique, elle doit comprendre à quel point je m'en fiche. C'est vraiment le cadet de mes soucis en ce moment.

— Tu joues au foot, réplique-t-elle. Moi je ne fais rien. Je suis barbante, Silas. Ma chambre est barbante. Je ne tiens pas de journal. Je ne fais aucune collection. Tout ce que je possède d'un peu original, c'est la photo d'une grille, qui vient de toi.

— Comment tu sais qu'elle vient de moi ?

Haussant les épaules, elle tire sur sa jupe.

— Tu as un style bien à toi. Un peu comme une empreinte. Ça se voit, parce que tu es le seul à prendre ce que les gens ont trop peur de voir dans la vie réelle.

*Apparemment, elle n'aime pas mes photos.*

L'œil fixé sur la route, je demande :

— Alors, c'est qui, ce Brian ?

Elle sort son téléphone, ouvre les messages. J'y jette un regard, bien que ce soit trop loin pour que je puisse lire quoi que ce soit. Je m'aperçois qu'elle le tourne légèrement vers la droite, comme pour m'empêcher de voir.

— Je ne sais pas trop, dit-elle. J'ai relu vos textos, mais ce n'est pas clair. Je ne peux pas dire si je sortais avec lui ou avec toi.

J'en ai la gorge sèche à nouveau. Je prends un des sodas qu'elle a apportés, l'ouvre et bois une longue gorgée avant de le reposer dans son support.

— Peut-être avec les deux, dis-je d'un ton plus acide que je ne l'aurais voulu. Que racontent ses textos d'aujourd'hui ?

Elle ferme son portable et le retourne sur ses genoux comme si elle avait honte de lire l'écran. Elle ne répond pas. Je sens ma nuque s'échauffer et je reconnais cette sensation de jalousie qui m'envahit comme un virus. Je n'aime pas ça.

— Réponds-lui, dis-je encore. Dis-lui que tu ne veux pas qu'il t'envoie d'autres messages et que tu préfères sortir avec moi.

— Attends, on ne sait pas où on en est. Et si tu ne me plaisais pas ? Et si on était sur le point de rompre ?

Cette idée me fait grincer des dents.

— Je croyais qu'on avait décidé de rester ensemble jusqu'à ce qu'on comprenne ce qui s'était passé ? Tu ne sais même pas qui est ce Brian.

— Je ne sais pas qui tu es non plus.

Je me gare dans le parking du lycée. Charlie m'observe attentivement, guettant ma réponse.

J'ai l'impression qu'elle veut m'appâter.

Je coupe le moteur.

— Comment on va faire ?

— Faire quoi ?

— Tout et rien. Entre nous, avec nos familles, dans nos vies ? Comment on va faire, Charlie ? D'autant qu'on risque de découvrir des choses l'un sur l'autre qui risquent de nous mettre pas mal en pétard.

Sans lui laisser le temps de répondre, quelqu'un apparaît dans l'allée et se dirige vers nous. Il me ressemble, en plus jeune. Vraisemblablement un élève de seconde. Il n'est pas aussi baraqué que moi mais je crois qu'il me dépassera bientôt en taille.

— On va se marrer, dit-elle en le voyant ouvrir la portière arrière.

Il jette sur le siège un sac à dos, une paire de chaussures, un sac de sport, puis s'assied.

La portière claque.

Encore essoufflé, il sort son téléphone et se met à lire ses textos. Il a les cheveux collés sur le front, les mêmes que les miens. Quand il me regarde, je vois que nous avons aussi les mêmes yeux.

— C'est quoi, ton problème ? demande-t-il.

Je ne réponds pas, me retourne, non sans jeter un coup d'œil vers Charlie. Un sourire crispé aux lèvres, elle tape un message. J'ai presque envie de lui arracher son appareil, pour vérifier si ce n'est pas à Brian, mais c'est le mien qui bipe.

**Tu connais le nom de ton petit frère ?**

Je n'en ai aucune idée.

— Merde !

Elle se met à rire mais se fige en apercevant quelque chose sur le parking. Ou plutôt quelqu'un, un type qui vient dans notre direction, l'air mauvais.

Je le reconnais. C'est celui des toilettes, ce matin. Celui qui tentait de me provoquer.

— Laisse-moi deviner, dis-je. Brian ?

Il fonce vers la portière de Charlie, l'ouvre, recule, lui tend une main crispée. Il fait comme si je n'existais pas, mais je vais lui montrer qui c'est Silas s'il croit pouvoir interpeller Charlie comme ça.

— Il faut qu'on parle, lance-t-il d'un ton sec.

Elle attrape la portière pour la fermer.

— Désolée, on allait partir. Je te vois demain.

L'air incrédule, il la saisit rageusement par le bras et l'attire contre lui. Je sors, contourne l'avant de la voiture, tellement vite que je dérape sur le gravier et dois me rattraper au capot. Bravo, très impressionnant. J'évite la portière passager, prêt à saisir ce salaud à la gorge, mais je le trouve plié en deux, gémissant, une main plaquée sur un œil. Il se redresse, interroge Charlie de l'autre.

— Je t'ai dit de ne pas me toucher, lâche-t-elle entre ses dents.

Le poing encore serré, elle est debout devant sa place.

— Tu ne veux pas que je te touche ? raille-t-il. Ce serait bien la première fois !

À l'instant où je vais plonger sur lui, elle m'arrête du plat de la main, me jette un regard d'avertissement tout en secouant la tête. Je pousse un long soupir et recule.

Elle se retourne alors vers Brian :

— C'était hier. Aujourd'hui tout a changé et je pars avec Silas. Pigé ?

Là-dessus, elle se rassied à sa place. J'attends que sa portière soit fermée et bouclée, avant de regagner la mienne.

— Elle te trompe ! me crie-t-il.

Je m'arrête net.

Me retourne lentement vers lui. Il se tient bien droit, maintenant, l'air d'attendre que je le frappe aussi. Comme je n'en fais rien, il continue de me provoquer :

— Avec moi ! Et pas qu'une fois. Ça fait plus de deux mois que ça dure.

Tout en m'efforçant de garder mon calme, je me vois déjà en train de l'étrangler.

J'aperçois Charlie qui m'implore du regard de ne pas commettre de bêtise. Je me retourne vers lui, tout sourire.

— Bravo Brian, tu veux un trophée ?

Dommage de ne pouvoir le prendre en photo à ce moment-là, avec la tête qu'il fait !

Une fois derrière le volant, je quitte le parking un peu plus impressionné que je ne le devrais. Une fois qu'on a repris le chemin de la maison, je trouve enfin le courage de jeter un coup d'œil vers Charlie qui me fixe également. À l'instant où je vais devoir à nouveau me concentrer sur la route, je capte un sourire.

On éclate de rire. Alors elle se détend sur son siège.

— Je n'arrive pas à croire que j'aie pu te tromper avec ce connard. Tu as vraiment dû me gaver.

— À part un meurtre, je ne vois pas ce qui aurait pu te pousser dans ses bras.

Une gorge s'éclaircit à l'arrière et je jette un coup d'œil dans le rétroviseur. J'avais complètement oublié mon frère. Il se penche en avant, jusqu'à ce que sa tête se retrouve entre nos sièges.

— Attendez, là, je veux comprendre. Ça vous fait marrer ?

On s'interrompt aussitôt et Charlie demande d'une voix blanche :

— Ça fait combien de temps qu'on est ensemble, Silas ?

Je fais mine de compter sur mes doigts quand mon frère lance :

— Quatre ans. Qu'est-ce qui vous arrive, à tous les deux ?

Charlie s'écarte un peu et me jette un coup d'œil. Je vois très bien à quoi elle pense.

— Quatre ans ? dis-je.

— Waouh ! s'exclame-t-elle. Ça fait un bout de temps.

Mon frère retombe contre son siège l'air excédé.

— Vous deux, vous êtes pires qu'un épisode de Jerry Springer.

*Jerry Springer est un présentateur de talk show. Comment je le sais ? Et Charlie, elle s'en souvient ?*

— Tu sais, Jerry Springer ? lui dis-je.

Serrant les lèvres, elle hoche la tête puis se détourne vers sa fenêtre.

Tout cela ne tient pas debout. Comment peut-on se rappeler les célébrités ? Des gens à qui on n'a jamais parlé ? Comment je sais que Kanye West a épousé une Kardashian ? Comment je sais que Robin Williams est mort ?

Je me rappelle tous les gens que je n'ai jamais rencontrés mais je ne sais plus rien de la fille que j'aime depuis plus de quatre ans ? De plus en plus mal à l'aise, je passe le reste du trajet à mettre des visages sur tous les noms qui me viennent à l'esprit. Des présidents, des acteurs, des politiciens, des musiciens, des stars de télé-réalité.

Mais impossible de me rappeler le prénom de mon petit frère, en train de sortir de la voiture, derrière moi. Je le suis des yeux alors qu'il rentre à la maison et je fixe mon attention sur la porte longtemps après qu'elle s'est refermée sur lui. Je contemple ma maison, comme Charlie tout à l'heure avec la sienne.

— Ça va ? demande Charlie.

Là, je ne peux pas m'empêcher de la revoir en présence de Brian, à l'instant où il m'a dit un truc dont j'ai fait semblant de me moquer. Elle te trompe !

Je ferme les yeux, appuie la tête sur le dossier.

— Pourquoi c'est arrivé ?

— Il va vraiment falloir que tu apprennes à préciser ta pensée, Silas.

— Bon, alors, Brian. D'après toi, pourquoi tu as couché avec lui ?

— Attends, tu ne vas pas me faire une scène pour ça !

— On sortait ensemble depuis quatre ans, Charlie. Tu ne vas pas me reprocher d'être un peu énervé.

— Ils sortaient ensemble depuis *quatre* ans, Charlie et Silas. Pas nous deux. En plus, qui dit que tu étais un ange ? Tu as lu tes propres textos ?

— Tu me fais peur, là… Arrête.

— Arrête quoi ?

— Ne parle plus de nous à la troisième personne. Tu es elle. Et je suis lui. Que ça nous plaise ou non.

C'est là que le téléphone de Charlie sonne.

— Ma sœur, annonce-t-elle avant de décrocher.

Elle écoute quelques secondes sans me quitter des yeux, puis elle répond :

— Elle était ivre quand je suis rentrée. J'arrive.

Après quoi elle raccroche et me lance :

— On retourne au lycée. Mon ivrogne de mère aurait dû passer prendre ma sœur à son cours de natation. Après ton frangin, on va rencontrer ma frangine.

Je me mets à rire.

— Je devais être chauffeur dans mon autre vie.

Elle reprend vite son sérieux.

— J'arrête de parler de nous à la troisième personne si tu arrêtes d'en parler comme d'une autre vie. On n'est pas morts, Silas. On a juste tout oublié.

— Pas tout, on se rappelle certaines choses.

Je reprends la direction du lycée. Au moins, je commence à bien connaître mon trajet, avec tous ces allers et retours.

Et elle qui commence à raconter :

— Il y avait une famille, au Texas, dont le perroquet avait disparu. Quatre ans plus tard, il est revenu de nulle part… et il parlait espagnol.

Elle éclate de rire, avant d'ajouter :

— Pourquoi je me rappelle ce truc idiot alors que je ne sais plus ce que je faisais il y a douze heures ?

Je ne réponds pas, car sa question n'appelle pas de réponse, au contraire de toutes celles qui me trottent dans la tête.

Quand on s'arrête devant le lycée, je crois apercevoir Charlie devant l'entrée, les bras croisés. Elle grimpe à l'arrière, à la place qu'occupait mon frère tout à l'heure.

— Tu as passé une bonne journée ? lui demande Charlie.

— Ta gueule.

— Mauvaise, alors ?

— Ta gueule.

Charlie me jette un regard ébahi, tout en souriant malicieusement.

— Tu attendais depuis longtemps ?

— Ta gueule.

Je me rends compte qu'elle essaie d'obtenir quelques réponses de sa sœur et, à mon tour, je la soutiens d'un sourire.

— Maman était dans un sale état quand je suis rentrée, aujourd'hui.

— Ça t'étonne ?

*Au moins, cette fois, elle n'a pas répondu ta gueule.*

Charlie l'interroge encore mais, maintenant, sa sœur ne lui répond plus du tout, trop absorbée par son portable. Quand on arrive dans leur rue, elle ouvre la portière et commence à descendre alors que la voiture roule encore.

— Dis à maman que je serai en retard, lui lance Charlie. Et tu crois que papa va rentrer quand ?

Sa sœur s'arrête, lui jette un regard méprisant.

— Dans dix ou quinze ans, d'après le juge.

Elle claque sa portière.

Je ne m'attendais pas à ça, et Charlie sûrement pas non plus. Elle se retourne lentement face au pare-brise, pousse un lent soupir.

— Ma sœur me déteste. Je vis dans un taudis. Ma mère est alcoolique. Mon père est en prison. Je te trompe. Et toi, tu sors encore avec moi ?

Si je la connaissais mieux, je la serrerais dans mes bras, lui tiendrais la main. Je ne sais pas… Comment consoler une compagne de quatre années qu'on vient de rencontrer ?

— D'après Ezra, je t'aimais déjà avant de savoir marcher. Ce n'est pas le genre de chose à laquelle on renonce facilement.

— Tu dois être sacrément fidèle parce que je commence à me détester moi-même.

J'ai envie de lui caresser la joue, pour l'obliger à me regarder. Je n'en fais rien et redémarre.

— Tu es peut-être beaucoup plus intéressante que ta situation financière ou familiale.

— Si tu le dis…

On a repris la route et elle allume la radio, essaie plusieurs stations avant de s'arrêter sur une chanson qu'on entonne tous les deux. Dès qu'on a chanté la première phrase en chœur, on s'arrête, étonnés.

— Les paroles, dit-elle doucement. On se rappelle les paroles.

Que répondre ? Mon esprit s'épuise et j'ai juste envie de me détendre avec cette musique. Il semblerait que ce soit aussi le cas de ma voisine car elle reste tranquillement à écouter, avant de se tourner de nouveau vers moi.

— Je déteste l'idée de t'avoir trompé.

Là-dessus, elle augmente le volume de la radio, comme pour m'empêcher de répondre. Sinon, je lui aurais bien dit que je lui pardonnais. Car la fille assise à côté de moi ne ressemble pas à celle qui m'a trompé.

Elle ne demande jamais où on va. D'ailleurs, je ne le sais pas moi-même. Je conduis, c'est tout ; c'est le seul moment où je parviens à me détendre. J'ignore combien de temps on roule mais le soleil se couche quand je décide de faire demi-tour et de rentrer. Tout ce temps-là, on est restés sans rien dire, perdus dans nos pensées, ce qui peut sembler paradoxal pour deux personnes qui n'ont plus de mémoire.

— Il faut qu'on examine tous les deux nos portables.

C'est la première chose que je lui dis depuis au moins une heure.

— On va vérifier tous nos vieux textos, nos e-mails, nos messages vocaux. On y trouvera peut-être une explication.

Elle sort le sien.

— J'ai essayé tout à l'heure, mais je n'ai pas un portable aussi perfectionné que le tien. Il n'a gardé que quelques textos.

Je m'arrête à une station-service, me gare dans un endroit pas trop éclairé. J'ignore pourquoi je cherche tant à préserver notre intimité. Sans doute parce que je ne veux pas qu'on nous reconnaisse, parce qu'il y a des chances pour que, de notre côté, nous ne reconnaissions personne.

Je coupe le moteur et on se met tous les deux à faire défiler nos messages. Je commence par ceux que j'ai échangés avec elle, mais ils sont tous très courts, juste des réponses à des questions précises, horaires, rendez-vous, je t'aime, tu me manques, etc. Rien de très révélateur sur notre relation.

D'après mon journal des appels, on bavarde au moins une heure presque tous les soirs. Je remonte ainsi sur deux semaines avec les mêmes résultats.

— On s'appelle régulièrement, lui dis-je. Une heure chaque soir.

— C'est vrai ? De quoi on peut bien parler pour que ça dure si longtemps ?

— On fait peut-être autre chose que parler…

— Pourquoi tes plaisanteries salaces ne m'étonnent pas, alors que je ne sais plus rien de toi ?

Elle se plonge dans ses photos et pousse un cri de surprise, puis me montre son écran.

— Regarde ! Des selfies, rien que des selfies, Silas. J'en ai même pris aux *toilettes* ! Ça me tue.

Je vérifie les miennes en riant. La première nous représente tous les deux, debout devant un lac. Un selfie, bien sûr. Elle marmonne d'un ton las :

— Je commence à ne pas nous aimer du tout. Toi le gosse de riche qui se comporte comme un connard avec ta gouvernante. Moi, l'ado nulle, sans aucune personnalité et qui prend des selfies pour faire son intéressante.

— Je suis sûr qu'on n'est pas aussi nuls que tu le dis. En tout cas, on a l'air de bien s'aimer.

— Attends, je te trompais ! Si tu crois qu'on est heureux avec ça…

J'ouvre les e-mails et trouve une vidéo intitulée « ne pas effacer ». Je clique dessus.

— Tiens, regarde, lui dis-je, en me rapprochant pour qu'elle puisse voir elle aussi.

Tandis que je remonte le son de la voiture, Charlie se blottit contre moi.

J'appuie sur Play et ma voix retentit dans les haut-parleurs. C'était donc moi qui filmais. L'image est sombre, comme si je me promenais dehors en pleine nuit.

— *C'est officiellement l'anniversaire de nos deux ans.*

Je parle d'un ton étouffé, à croire que je ne voulais pas me faire prendre. Je tourne l'objectif vers moi, m'éclaire le visage avec la lumière du Camescope. Je parais un peu plus jeune. D'après ce que j'ai dit, je devais donc avoir seize ans. Je m'approche d'une fenêtre.

— *Je vais te réveiller pour te souhaiter un bon anniversaire, mais il est presque une heure du matin, en pleine semaine, alors je filme pour le cas où ton père me tuerait.*

Je reporte l'objectif devant moi, sur la façade d'une maison. L'image est de plus en plus obscure mais on entend la fenêtre qui s'ouvre et mes pieds qui tombent à l'intérieur. Peu après, la caméra se porte sur le lit de Charlie. On aperçoit une masse sous les couvertures, mais elle ne bouge pas. Je filme le reste de la chambre. On dirait qu'il ne s'agit pas de celle qu'elle occupe actuellement.

— Ce n'est pas ma chambre, dit-elle. Celle-ci fait le double de celle que j'ai vue hier, et que je partage avec ma petite sœur.

Tandis que là, on dirait bien qu'elle l'occupe seule, mais on ne la voit pas assez car l'objectif revient vite sur le lit. La masse sous les couvertures remue et, d'après le mouvement de la caméra, je suis en train de grimper sur le lit.

— *Charlie chérie.*

Elle remonte le drap sur sa tête.

— *Silas ?* souffle-t-elle.

L'image apparaît sous un angle bizarre, comme si j'avais oublié que je tenais le téléphone dans ma main. On entend des bruits de baisers. Je dois lui embrasser le bras ou le cou.

Ce seul bruit devrait suffire à me faire éteindre la vidéo. Je ne veux pas gêner Charlie, mais elle regarde avec autant d'intensité que moi. Non à cause de ce qui se passe entre nous à l'image, mais parce qu'on ne s'en souvient pas. C'est moi… c'est elle… c'est nous deux ensemble. Pourtant je ne me rappelle pas un détail de cette rencontre, alors c'est comme si on espionnait deux inconnus dans un moment d'intimité.

Je me sens comme un voyeur.

— *Joyeux anniversaire.*

La caméra recule, je dois l'amener sur l'oreiller, près de sa tête. On ne voit plus que le profil de Charlie.

Ce n'est pas le plus joli portrait que j'ai d'elle, mais ça suffit à prouver qu'elle n'a pas changé. Ses cheveux bruns s'éparpillent autour d'elle tandis qu'elle me sourit.

— *Quel rebelle tu fais !* murmure-t-elle. *C'est pour me dire ça que tu es entré en douce ?*

— *Pas pour te dire ça, mais pour faire ça.*

Finalement, mon visage apparaît sur la vidéo et mes lèvres se posent sur les siennes.

À côté de moi, Charlie remue sur son siège. J'essaie d'avaler la boule qui me noue la gorge. D'un seul coup, je regrette de ne pas être seul en ce moment. Je me repasserais sans cesse ce baiser.

Mes nerfs se tendent, et je me rends compte que c'est parce que je suis jaloux du type dans la vidéo ; ça ne tient pas debout. Je regarde un inconnu sortir avec elle : moi. Ce sont bien mes lèvres sur les siennes mais ça m'énerve parce que je ne sais plus ce que ça fait.

J'hésite à arrêter la vidéo, alors que ce baiser semble virer à tout autre chose. Jusque-là, on voyait ma main sur sa joue, maintenant, elle a disparu du paysage. Aux sons qu'émet alors Charlie, il semblerait qu'elle sache exactement où je l'ai posée.

Elle détache sa bouche de la mienne et regarde l'objectif. Sa main s'approche et rabaisse soudain l'appareil contre le lit. L'écran vire au noir mais le son continue.

— *Cette lumière m'aveuglait*, dit-elle.

J'ai le doigt posé à proximité de la touche Pause, je devrais arrêter, mais je sens son souffle tiède dans mon cou. Entre ça et les sons dans mes haut-parleurs, je ne voudrais pas interrompre cette vidéo.

— *Silas*, murmure-t-elle.

On continue tous les deux à fixer l'écran noir. Il n'y a rien à voir mais on n'arrive pas à se détourner, et le son de nos voix retentit autour de nous, emplissant la voiture, nos oreilles, notre esprit.

— *Jamais jamais*, Charlie.

Gémissement.

— *Jamais jamais*, répond-elle dans un murmure.

Soupir.

Autre gémissement.

Froissement.

Fermeture Éclair.

— *Je t'aime tant, Charlie.*

Bruits de corps remuant sur le lit.

Lourdes respirations. Haletantes. Qui proviennent des haut-parleurs mais aussi de nos bouches alors qu'on les écoute.

— *Oh, mon Dieu… Silas !*

Deux brèves inspirations.

Baisers intenses.

Klaxon strident qui domine tout le reste.

Je veux éteindre le portable mais il tombe par terre. Des phares brillent dans mon pare-brise, des poings frappent à la vitre de Charlie et je n'ai pas le temps de me redresser que sa portière s'ouvre brusquement.

— *Je te sens trop bien, Charlie*, braille ma voix.

Un énorme éclat de rire échappe à la fille qui vient de surgir. Elle a déjeuné avec nous hier, mais je ne me rappelle pas son nom.

— C'est pas vrai ! s'écrie-t-elle. Vous matiez un film porno ?

Elle se retourne et crie vers la voiture arrêtée face à nous :

— Char et Si matent un film porno !

Elle rit encore quand j'arrive enfin à mettre mon téléphone en pause. Je baisse le volume de la radio. Charlie nous regarde l'un et l'autre, les yeux écarquillés.

— On allait partir, dis-je. Il faut que je la ramène chez elle.

— Arrête ! s'écrie la fille. Sa mère doit être complètement ivre et la croire au lit en ce moment. Suivez-nous, on va chez Andrew.

— Je ne peux pas, Annika, répond Charlie en souriant. Mais on se voit demain au cours, d'accord ?

Annika paraît horriblement vexée, d'autant qu'elle doit reculer quand la portière se referme quasiment sur elle.

— Vas-y, me dit Charlie.

Je démarre sans me faire prier.

On a déjà parcouru près de deux kilomètres quand elle se racle la gorge. Sans trop de résultat, puisqu'elle lance d'une voix éraillée :

— Tu ferais mieux d'effacer cette vidéo.

Je n'aime pas ce conseil, alors que je comptais déjà me la repasser cette nuit chez moi.

— On va peut-être y trouver des indices, dis-je. Je devrais la regarder encore, voir comment ça finit.

À cet instant, mon portable annonce l'arrivée d'un texto. Je regarde. Ça vient de mon père.

**Rentre à la maison. Tout seul, s'il te plaît.**

Je montre le message à Charlie qui hoche la tête :

— Tu n'as qu'à me ramener tout de suite.

Le reste du trajet s'accomplit dans un silence gêné. J'ai l'impression que cette vidéo qu'on vient de regarder ensemble nous a montrés l'un à l'autre sous un éclairage différent. Pas nécessairement mauvais, juste différent. Avant, quand je regardais Charlie, c'était la fille qui partageait cette étrange expérience avec moi. Tandis que maintenant, c'est la fille à qui je suis censé faire l'amour, à qui je l'ai en principe fait depuis longtemps. La fille qu'en principe j'aime *toujours*. Si seulement je pouvais me rappeler l'effet que ça fait...

Après avoir reçu cette preuve de notre relation, j'ai encore plus de mal à accepter qu'elle ait pu se tourner vers ce Brian. Ça me rend mille fois plus furieux et jaloux qu'avant de nous avoir vus ensemble sur cette vidéo.

Quand on s'arrête devant sa maison, elle ne sort pas immédiatement, mais regarde d'abord la sombre bâtisse. Une seule fenêtre en est faiblement éclairée, et on ne perçoit aucun mouvement.

— Je vais essayer de faire parler ma sœur, ce soir. Ça nous donnera sans doute une meilleure idée de ce qui s'est passé la nuit dernière quand je suis rentrée.

— Bonne idée. Je vais en faire autant avec mon frère. Et tâcher de découvrir son nom par la même occasion.

Elle rit.

— Tu veux que je passe te prendre demain matin pour le lycée ?

— Si tu veux bien, oui.

— D'accord.

Le silence retombe, qui me rappelle les petits sons si doux échappés de la vidéo toujours sur mon téléphone, Dieu merci. Je vais pouvoir entendre sa voix toute la nuit. J'ai hâte.

— Tu sais, dit-elle en pianotant sur la portière. On pourrait se réveiller demain et tout irait bien. On pourrait même oublier ce qui s'est passé aujourd'hui, alors que tout redeviendrait normal.

— Je suis sûr que non. Je vais me repasser mes e-mails et mes messages ce soir. Tu devrais en faire autant.

Elle hoche la tête et se tourne brusquement vers moi, me regarde dans les yeux :

— Bonne nuit, Silas.

— Bonne nuit, Charlie. Appelle-moi si tu…

— Ça ira, coupe-t-elle. À demain matin.

Elle sort de la voiture et se dirige vers sa maison. J'ai envie de l'appeler, de lui dire d'attendre. Je me demande si elle se pose la même question que moi : *Que signifie Jamais jamais ?*

# 7

# Charlie

À mon avis, tant qu'à être infidèle, autant que ce soit avec quelqu'un qui en vaille la peine. Je ne sais pas trop s'il s'agit là d'un concept de l'ancienne Charlie ou de la nouvelle. À moins qu'à force d'observer de loin la vie de Charlie Wynwood je puisse plus facilement comprendre ses infidélités que les juger. Ce dont je suis sûre, en tout cas, c'est que si on veut tromper Silas Nash, mieux vaudrait que ce soit avec Ryan Gosling.

Je regarde Silas s'éloigner, capte au passage son profil éclairé par le lampadaire voisin. Il a le nez aquilin, contrairement aux autres garçons du lycée qui l'ont plutôt droit et petit ou carrément trop grand pour leur visage. Ou pis, plein d'acné. Tandis que Silas a un nez d'adulte. Du coup, on le prend plus au sérieux.

En reprenant la direction de la maison, j'ai une boule dans l'estomac. Personne pour m'accueillir quand j'ouvre la porte d'entrée. Je me sens comme une intruse et ne peux m'empêcher de lancer :

— Bonsoir ! Il y a quelqu'un ?

Je referme doucement derrière moi, entre dans le salon sur la pointe des pieds.

Je sursaute.

Assise sur le canapé, la mère de Charlie mange des haricots à même la boîte de conserve, en regardant Seinfeld sans le son. Ce qui me rappelle tout d'un coup que je n'ai plus rien avalé aujourd'hui depuis le sandwich au fromage grillé partagé avec Silas.

À tout hasard, je demande :

— Tu as faim ?

J'ignore si elle m'en veut encore ou si elle va se remettre à pleurer.

— Tu veux que je nous prépare quelque chose à manger ?

Elle se penche sans me regarder, pose la boîte sur la table basse. Je me rapproche d'elle, parviens à prononcer ce mot :

— Maman ?

— Elle ne te répondra pas.

C'est Janette qui m'a lancé ça de la cuisine, un sac de Doritos dans la main. Je m'inquiète :

— C'est ça ton dîner ?

Pour toute réponse, elle hausse les épaules.

— Tu as quoi... quatorze ans ?

— Tu as quoi... le cerveau en bouillie ? Évidemment que j'ai quatorze ans !

Je lui arrache les Doritos des mains, les emporte vers notre mère bourrée devant sa télé.

— On ne laisse pas sa fille de quatorze ans manger des chips pour le dîner, dis-je en les lui jetant sur les genoux. Dessaoule un peu et conduis-toi en vraie mère !

Pas de réponse.

Je vais ouvrir le frigo mais il n'y a dedans qu'une douzaine de boîtes de Coca light et un pot de cornichons.

— Mets ta veste, Janette. On va te chercher un dîner.

Ma sœur me regarde comme si je lui avais parlé en mandarin. Bon, il faut sans doute que j'ajoute une phrase plus énergique, histoire de la secouer :

— Allez, grouille, petite conne !

Elle fonce dans notre chambre tandis que je cherche les clefs de la voiture. C'était ça, la vie que je menais ? Qui était cette femme sur le canapé ? En apercevant le derrière de sa tête, je sens monter un élan de pitié. Son mari — *mon père* — est en prison. *En prison* ! C'est effroyable. Où trouve-t-on l'argent pour vivre ?

À propos d'argent, je vérifie dans mon portefeuille. Les vingt-huit dollars sont toujours là. Ça devrait suffire pour acheter autre chose que des Doritos.

Janette sort de la chambre, une veste verte sur les épaules, à l'instant où je trouve les clefs. Ça lui va bien, le vert, elle fait moins ado tourmentée avec ça.

— Prête ?

Elle lève les yeux au ciel. Alors je lance :

— Bon, chère maman, on va chercher de la bouffe !

Au cas où elle aurait tenté de m'arrêter. Mais non, alors je laisse Janette nous mener à la voiture.

Dieu sait ce que ce sera, sûrement pas une Land Rover, en tout cas.

Le résultat ne me déçoit pas.

— Oh, misère, ça roule encore ce machin-là ?

Janette ne relève pas, elle a enfilé ses écouteurs et attend que j'ouvre la vieille Oldsmobile. Plus vieille que moi. Ça sent la cigarette, les personnes âgées.

— Bon, on va voir sur combien de mètres elle est encore capable de rouler.

J'irais bien faire un saut à l'Electric Crush, un *diner* du quartier français, dont une pub traîne près des clefs, sauf que cette bagnole sans âge n'a pas de GPS. Il faut que je trouve le chemin toute seule.

Janette me laisse tranquillement démarrer ; elle souffle sur sa vitre et y trace des cercles. Je l'observe du coin de l'œil ; pauvre gamine ! Sa mère est alcoolique, son père en prison, c'est triste. Et puis elle me déteste. Ce qui la laisse bien seule au monde. Je me rends compte, non sans surprise, que Charlie est dans la même situation. Sauf qu'elle a Silas – ou qu'elle l'avait, avant de le tromper avec Brian. Beurk ! Je secoue les épaules pour me débarrasser de toutes ces sensations. Je déteste ces gens. Ils sont trop assommants. Sauf que j'aime bien Silas.

Plus que bien.

⋆ ⋆ ⋆

Je finis par trouver une place sur le parking du *diner*, sur North Rampart Street, entre une camionnette et une Mini Cooper. *Charlie est très douée pour les manœuvres*, me dis-je avec fierté. Janette descend après moi et reste plantée sur place, l'air paumée. En face de nous clignote l'enseigne rose de l'Electric Crush.

Je tends la main à ma sœur.

— Viens, Janette. On y va.

Je m'approche d'elle d'un pas décidé mais elle essaie de m'échapper. Je l'attrape et l'entraîne.

— Lâche-moi !

— C'est quoi ton problème ? Arrête de te conduire comme une…

Une gamine de quatorze ans, voilà tout.

— Comme une quoi ? crie-t-elle. Depuis quand ça t'intéresse ?

Ses lèvres tremblent comme si elle allait pleurer et, tout d'un coup, je m'en veux de m'être montrée aussi brutale avec elle. Ce n'est qu'une fillette avec de petits seins et un cerveau embrouillé par les hormones.

— Tu es ma sœur, lui dis-je doucement. Il serait temps qu'on se retrouve, tu ne crois pas ?

Un instant, j'ai l'impression qu'elle va dire quelque chose – peut-être même quelque chose de gentil, de fraternel –, mais elle fonce vers la porte du *diner*, ouvre la porte d'un coup de pied. La sale gamine. Je la suis, un rien secouée, pour soudain m'arrêter net.

Ce n'est pas ce à quoi je m'attendais, pas vraiment un *diner*, plutôt un club avec des boxes alignés le long d'un couloir menant à une sorte de piste de danse. Janette s'est arrêtée devant le bar et regarde autour d'elle, abasourdie.

— Tu viens souvent là ? me demande-t-elle.

Meubles de cuir noir, marbre noir au sol. Tout est noir à part l'enseigne rose qui scintille sur les murs. Morbide et chewingomesque.

— Je peux vous aider ?

Au bout du bar, un homme ferme une porte derrière lui. Il est armé de plusieurs boîtes et me paraît assez jeune, une vingtaine d'années. Je le trouve tout de suite sympathique, sans doute parce qu'il porte une veste noire sur un tee-shirt rose. Charlie doit aimer le rose.

— On a faim.

Dans un demi-sourire, il nous désigne un box du menton.

— En principe, la cuisine n'ouvre que dans une heure, mais je vais voir si on peut vous préparer quelque chose en vitesse. Si vous voulez bien vous asseoir.

Je fonce vers un box en entraînant Janette avec moi.

— Je suis venue ici, lui dis-je. Le week-end dernier.

— Ah !

C'est son seul commentaire tandis qu'elle examine ses ongles.

Quelques minutes plus tard, le mec au tee-shirt rose revient en sifflotant. Il s'appuie des deux mains sur notre table.

— Charlie, c'est ça ?

Je hoche la tête sans comprendre. *Comment sait-il… ? Combien de fois suis-je venue… ?*

— On prépare du poulet rôti à la cuisine. Ça vous dirait d'en manger avec moi ? On n'a pas grand-chose à faire avant plusieurs heures encore.

Je fais oui de la tête.

— Super !

Il claque la table d'une main, faisant sursauter Janette, tend un doigt vers elle.

— Coca ? Sprite ? Cocktail Shirley Temple ?

Elle lève les yeux au ciel.

— Coca light.

— Et vous, Charlie ?

Je n'aime pas sa façon d'articuler mon nom, de façon un peu… familière. Je demande un Coca. Dès qu'il a le dos tourné, Janette se penche vers moi.

— D'habitude tu prends du light, m'accuse-t-elle.

— Oui ? Je ne me sens plus moi-même, ces temps-ci.

Elle s'éclaircit la gorge.

— Tu rigoles ?

Je fais mine de ne pas relever, regarde autour de moi. Qu'est-ce qu'on fichait ici, Silas et moi ? C'est un endroit où on vient souvent ?

— Janette. Je t'ai déjà parlé de ce restau ?

Elle a l'air surprise.

— Tu veux dire, chaque fois qu'on se parle en éteignant les lumières ?

— C'est bon. Je vois. Je suis une sœur horrible. Laisse tomber. On fume le calumet ?

Elle se gratte le nez.

— Ça veut dire quoi ?

— On fait la paix. On repart de zéro ?

C'est là que le mec en rose nous apporte nos verres. Il a préparé un cocktail pour Janette. Elle fait la grimace.

— Elle avait demandé un Coca light, dis-je.

— Ça va lui plaire. Quand j'étais gamin…

— Apportez-lui un Coca light.

— C'est bon, princesse, dit-il en ouvrant les mains.

Janette me jette un regard attendri.

— Merci, dit-elle.

— Pas de problème. On ne peut pas faire confiance à un mec en rose.

Son sourire me donne un sentiment de triomphe. Dire que j'ai trouvé ce mec sympa ! Dire que Brian m'a plu. Qu'est-ce qui se passait dans ma petite tête ?

Je prends mon téléphone et vois que Silas m'a envoyé plusieurs SMS. Silas… Je l'aime bien, lui. Avec sa voix si apaisante et ses bonnes manières… Et son nez, il a un drôle de nez sympa.

Mon père…

Où tu es ?

Hello ?

Le mec revient avec le poulet et une assiette de purée. Ça fait beaucoup.

— Comment vous vous appelez, déjà ? dis-je.

— Quelle garce, cette Charlie ! réplique-t-il.

Il dépose un plat devant moi, se tourne vers ma sœur :

— Désolé.

— Alors, insiste-t-elle en commençant à manger, comment vous vous appelez ?

— Dover. C'est comme ça que mes amis m'appellent.

*Dover*... Je demande :

— Et ce dernier week-end...

— Ouais, dit-il en se servant à son tour. C'était dingue. Je ne m'attendais pas à vous revoir aussi vite.

— Pourquoi ?

J'essaie de jouer les décontractées alors que mon cœur bat à cent à l'heure.

— C'est que votre mec était plutôt furax. Je croyais qu'il allait tout casser avant de se faire virer.

— Tout casser...

J'ai juste le temps de changer d'intonation pour ne pas en faire une question.

— Ah oui, tout casser. C'était...

— Vous aussi, vous aviez l'air furax. On ne peut pas vous en vouloir. Vous vous seriez bien plu ici, du moins si Silas n'avait pas gâché la soirée.

Tout d'un coup, je n'ai plus envie de poulet.

— Oui, dis-je en regardant Janette qui nous dévore des yeux. Tu as fini, toi ?

Elle essuie ses doigts graisseux sur sa serviette. Je sors un billet de vingt dollars que je dépose sur la table.

— Pas besoin, dit Dover en le repoussant vers moi.

Je me penche vers lui, le regarde dans les yeux :

— Il n'y a que mon petit ami qui peut m'inviter à dîner.

Là-dessus, je prends la direction de la porte, suivie de Janette.

— C'est ça ! lance Dover. Avec ce genre de raisonnement, vous pourrez manger gratis sept jours par semaine !

Je ne m'arrête qu'une fois parvenue devant la voiture. Il s'est passé quelque chose ici. Quelque chose qui a rendu Silas fou. Au moment où je démarre, Janette émet un énorme rot. On éclate de rire en même temps.

— Plus de Doritos pour le dîner, Janette. On peut apprendre à faire la cuisine.

— Si tu le dis…

Personne ne tient ses promesses avec elle. Ça lui donne ce petit air désabusé. On ne parle plus le reste du chemin et, une fois que je suis entrée dans le garage, elle saute dehors avant que je n'aie coupé le moteur. Je lance quand même :

— Moi aussi, j'étais contente de ce petit moment avec toi !

J'imagine qu'en entrant je vais découvrir la mère de Charlie en train de l'attendre – sans doute prête à l'engueuler d'avoir pris la voiture –, mais non. Il fait noir dans la maison, si ce n'est le rais de lumière sous la porte de Janette, donc la mienne par la même occasion. Notre mère doit dormir. Elle s'en fout. C'est parfait en ce qui me concerne. Je dois fouiner en douce, tâcher de comprendre ce qui m'est arrivé sans séance de questions-réponses, mais je ne peux pas m'empêcher de penser à Janette, cette petite fille qui aurait tant besoin de ses parents. Monde pourri.

Quand j'ouvre, elle écoute de la musique. J'ai soudain une idée.

— Tu as vu mon iPod ?

La musique en dit beaucoup sur les gens. Pas besoin de mémoire pour le savoir.

— Aucune idée. Peut-être avec le reste de tes merdes dans le grenier.

*Mes merdes ?*

*Le grenier ?*

Soudain, je suis surexcitée.

J'en apprendrai sans doute plus qu'avec un bête couvre-lit et quelques mauvais romans. J'ai envie de lui demander de quelles merdes elle parle et pourquoi elles se trouvent dans le grenier et non dans notre chambre à coucher, mais Janette a remis les écouteurs dans ses oreilles et se donne beaucoup de mal pour m'ignorer.

Finalement, le mieux serait d'aller vérifier moi-même sur place. *Mais où se trouve le grenier ?*

# 8

# Silas

La porte d'entrée de ma maison s'ouvre alors que je me gare, et Ezra sort en se tordant les mains. L'air affolée, elle m'interpelle dès que je sors :

— Silas ! Je croyais qu'il était au courant. Sinon, je n'aurais pas parlé de la présence de Charlie, mais tu n'avais pas l'air de la cacher, alors je croyais que les choses avaient changé, qu'elle avait le droit de venir…

J'interromps d'un geste ce flot d'excuses inutiles.

— C'est bon, Ezra, ça va.

Dans un soupir, elle lisse son tablier. Je ne vois pas ce qui peut la mettre dans un tel état ni pourquoi elle a cru que je lui en voudrais. Je mets peut-être un peu plus d'assurance que nécessaire dans mon sourire, mais on dirait que ça lui fait du bien.

Elle me suit dans la maison. Je m'arrête dans le vestibule sans trop savoir où mon père peut se trouver en ce moment. Ezra monte l'escalier en murmurant « bonne nuit ». Elle doit vivre ici.

— Silas.

On dirait ma voix, en plus cassée. Je me retourne et me voilà face à l'homme qui apparaît sur toutes les photos accrochées aux murs. Son large sourire en moins.

Il me dévisage des pieds à la tête, comme déçu par l'aspect de son fils.

Puis il ouvre une porte et s'en va, avec une telle assurance qu'il semble exiger que je le suive. Ce que je fais. On se retrouve dans son bureau ; il contourne la table, s'assied, s'accoude au plateau d'acajou.

— Tu m'expliques ?

J'aimerais bien. Si je lui disais que je ne sais pas qui il est, pourquoi il est en colère, encore moins qui je suis…

Je devrais sans doute m'inquiéter, me sentir intimidé par son autorité. Ce qui aurait sûrement dû être le cas du Silas d'hier, mais difficile de me laisser impressionner par quelqu'un que je ne connais pas. Pour autant que je sache, il n'a aucun pouvoir sur moi, or le pouvoir est le premier élément de l'intimidation.

— T'expliquer quoi ?

Derrière lui s'étale toute une bibliothèque remplie d'ouvrages de collection, semble-t-il, des classiques. Je me demande s'il en a lu un seul ou s'ils servent juste à mieux intimider son monde.

— Silas !

Il a la voix grave, sèche comme une lame qui me tailladerait les tympans. Je me plaque une main sur la nuque et j'appuie, avant de reposer mon regard sur lui. D'un coup d'œil, il m'intime de m'asseoir en face de lui.

J'ai l'impression que le Silas d'hier répondrait sagement « oui » et s'assiérait aussitôt.

Celui d'aujourd'hui s'approche en souriant.

— Que faisait-elle dans cette maison aujourd'hui ?

Il parle de Charlie comme d'un poison. Sur le même ton que sa mère parlant de moi. En m'installant dans le fauteuil, j'aperçois sur l'accoudoir une déchirure dans le cuir.

— Elle ne se sentait pas bien au lycée. Il fallait la ramener chez elle, on a juste fait un petit détour.

Cet homme… *mon père*… se radosse à son siège et se frotte la mâchoire.

Cinq secondes s'écoulent.

Dix secondes s'écoulent.

*Quinze.*

Finalement, il se penche une nouvelle fois vers moi.

— Tu la revois ?

*C'est une question piège ? Parce que c'est bien l'impression que ça donne.*

Si je dis oui, évidemment ça va le mettre en colère. Si je dis non, j'aurai l'air de le laisser gagner. Sans trop savoir pourquoi, je n'ai aucune envie que cet homme gagne. On dirait qu'il en a trop l'habitude.

— Et quand bien même ?

Sa main se détache de sa joue pour venir m'attraper par le col de mon tee-shirt et m'attirer vers lui tandis que je m'agrippe au bureau. On se retrouve les yeux dans les yeux et je m'attends à ce qu'il me frappe. Je me demande si c'est ainsi qu'il me traite habituellement…

Au lieu de me frapper comme je sais qu'il en a envie, il pousse le poing sur ma poitrine et me lâche. Je tombe sur mon siège mais rien qu'une seconde, car je préfère me relever aussitôt et m'éloigner un peu.

C'est sans doute moi qui aurais dû le frapper, cet enfoiré, mais je ne le déteste pas assez pour en arriver déjà là. En même temps, je ne l'aime pas assez pour me sentir affecté par sa réaction. Juste gêné.

Saisissant un presse-papiers, il le balance à travers la pièce, heureusement pas dans ma direction. L'objet s'en va heurter une étagère et tout ce qu'elle contenait se répand par terre. Quelques livres. Un cadre. Une pierre.

Je regarde mon père faire les cent pas, le front couvert de sueur. Je ne comprends pas pourquoi la présence de Charlie chez nous peut le mettre dans un tel état. Surtout depuis qu'Ezra nous a dit qu'on avait été élevés ensemble.

Il repose les paumes sur le bureau. Il respire lourdement, les narines frémissantes, tel un taureau furieux.

— Nous avions un accord, Silas. Toi et moi. Je ne devais pas t'obliger à témoigner si tu me promettais de ne plus jamais revoir la fille de cet homme-là.

Tout en me désignant d'une main une armoire fermée, il se passe l'autre dans ce qui lui reste de cheveux.

— Je sais, poursuit-il, que tu ne la crois pas capable d'avoir volé ces dossiers ici, mais moi j'en suis sûr ! Et la seule raison pour laquelle je n'ai pas porté plainte c'est parce que tu m'as juré qu'on n'aurait plus jamais affaire à cette famille-là. Et voilà que tu…

Il frémit, littéralement.

— Et voilà que tu la ramènes carrément dans cette maison comme si ces douze derniers mois n'avaient jamais existé ! Le père de cette fille a failli *ruiner* notre famille, Silas ! Ça ne veut donc rien dire pour toi ?

Pas vraiment, ai-je envie de répondre.

Je note mentalement de ne jamais me mettre dans une telle colère. Ça ne sert pas les Nash.

J'ai du mal à exprimer le moindre remords alors que tout ce que j'éprouve c'est de la curiosité.

La porte du bureau s'ouvre et nous nous retournons ensemble pour voir qui entre.

— Landon, cela ne te concerne pas, lance mon père.

J'ai presque du mal à croire qu'il puisse parler d'une voix aussi douce, aussi paternelle. Pas celle du monstre que je viens d'entendre.

Landon – *ravi de connaître enfin le prénom de mon petit frère* – me désigne du menton :

— L'entraîneur t'attend au téléphone, Silas.

À présent, mon père me tourne carrément le dos. Apparemment, notre conversation s'achève là. Heureux de pouvoir enfin quitter cette pièce, je m'en vais, suivi de Landon.

— Où est le téléphone ?

Bon, il peut toujours croire que j'ignore s'il s'agit d'un portable ou du fixe…

Mon frère éclate de rire.

— Personne n'a appelé. C'était pour te tirer de là.

Il grimpe l'escalier et je le suis des yeux sur le palier, le vois tourner à gauche avant de disparaître dans le couloir. *Sympa, mon frère.* Je me dirige vers ce que je suppose être sa chambre, frappe doucement à la porte. Comme elle est entrouverte, je la pousse un peu.

— Landon ?

Je l'ouvre en grand et le trouve assis à un bureau. Il jette un bref regard par-dessus son épaule puis se remet à pianoter sur son ordinateur.

— Merci, dis-je en entrant dans la chambre.

*Les frères se disent merci ?* Probablement pas. J'aurais dû dire quelque chose qui ressemble plus à : *tu en as mis un temps, connard.*

Cette fois, il se retourne, avec un sourire aussi interrogateur qu'admiratif.

— À quoi tu joues, au juste ? D'habitude tu ne rates jamais un entraînement. On dirait que tu n'en as rien à foutre que Charlie ait baisé avec Brian Finley. En plus tu as les couilles de l'amener ici. Après toutes ces merdes entre papa et Brett ? Tu as du bol d'être sorti entier de son bureau.

Après quoi il se remet à taper. Et moi de me précipiter dans ma chambre.

*Brett Wynwood, Brett Wynwood, Brett Wynwood.*

Je me répète son nom jusqu'à ce que je sache exactement que chercher sur mon ordinateur. *J'ai sûrement un ordinateur.*

Arrivé dans ma chambre, je fonce droit vers ma commode, récupère le stylo que Charlie m'a donné tout à l'heure et en relis l'inscription :

GROUPE FINANCIER WYNWOOD-NASH.

Je fouille à travers la pièce, jusqu'à ce que je trouve un ordinateur portable dans le tiroir de ma table de nuit. Je l'allume, inscris le mot de passe.

*Je connais le mot de passe ?* À ajouter à la liste des *merde, ça n'a pas de sens !*

Je tape Groupe financier Wynwood-Nash dans le moteur de recherche. Je clique sur le premier résultat et me retrouve sur une page intitulée « Nash Finance ». Il semblerait que le Wynwood ait disparu. Je parcours la page sans rien trouver d'intéressant. Juste les diverses coordonnées de l'entreprise.

Je sors de la page, explore les autres résultats en lisant titre après titre ainsi que les articles qui suivent :

*Les gourous de la finance, Clark Nash et Brett Wynwood, cofondateurs du Groupe financier Wynwood-Nash, mis en examen pour quatre délits de fraude, d'escroquerie et de commerce illégal.*

*Partenaires depuis plus de vingt ans, les deux hommes d'affaires s'accusent maintenant l'un l'autre, clamant chacun tout ignorer des pratiques illégales mises au jour au cours d'une enquête récente.*

J'en lis un autre :

*Clark Nash lavé de toute accusation. Son coprésident, Brett Wynwood, condamné à quinze années pour fraude et détournement de fonds.*

Je passe à la deuxième page des résultats quand le témoin de batterie se met à clignoter. J'ouvre le tiroir, mais pas de chargeur. Je cherche partout, sous le lit, dans le cabinet de toilette, dans les tiroirs de la commode.

L'ordinateur s'éteint peu après. Je lance la recherche sur mon téléphone, mais lui aussi est au bord du coma et l'unique chargeur que je trouve se branche à un ordinateur. Je continue à chercher, car il faut absolument que je sache ce qui s'est passé pour que ces deux familles se haïssent à ce point.

Je soulève le matelas pour vérifier si aucun fil ne pend à une prise cachée par le lit. À défaut, je trouve un cahier, le saisis et m'assieds sur le lit. C'est là que mon portable vibre en m'annonçant un SMS.

**Comment ça se passe avec ton père ?**

Je voudrais en apprendre davantage avant de discuter avec elle. Sans lui répondre, j'ouvre le cahier, tombe sur une enveloppe remplie de papiers. Ils sont tous intitulés « Groupe financier Wynwood-Nash », mais je ne comprends rien à ce qu'ils contiennent, encore moins pourquoi ils se trouvent sous mon matelas.

Les paroles que Clark Nash a prononcées tout à l'heure me reviennent à l'esprit : *Je sais que tu ne la crois pas capable d'avoir volé ces dossiers ici, mais moi j'en suis sûr !*

Vraisemblablement, il a tort, seulement pourquoi les aurais-je pris ? À quoi m'auraient-ils servi ?

*Qui voulais-je protéger ?*

Mon téléphone bipe pour m'annoncer un autre texto.

Tu as cette super fonction sur ton portable intitulée « lecture ». Si tu oublies les SMS qui t'arrivent, autant le fermer. ;)

Au moins elle ajoute un clin d'œil.

Je ne t'oublie pas. Juste fatigué. On a plein de choses à faire demain.

Oui.

C'est tout ce qu'elle en dit. Je ne suis pas certain de devoir répondre à une réponse aussi paresseuse, mais je ne veux pas non plus la vexer en ne disant rien.

Bonne nuit, Charlie chérie. ;)

Dès que j'ai appuyé sur « Envoi », j'ai envie de l'effacer. Je ne sais pas où je voulais en venir avec ce genre de réponse ni trop malicieuse ni vraiment flirteuse.

On verra demain pour les regrets. Pour le moment, j'ai surtout besoin de dormir, afin d'être assez réveillé demain matin pour m'occuper de tout ça.

Je replace le cahier sous le matelas et là, j'aperçois un chargeur branché au mur. J'y connecte mon portable. Je suis trop fatigué pour continuer mes recherches cette nuit, alors j'enlève mes chaussures. Ce seulement une fois allongé que je remarque qu'Ezra a changé mes draps.

Dès que j'éteins ma lampe et ferme les yeux, mon téléphone bipe.

Bonne nuit, Silas.

Le ton est un peu sec, je m'en rends compte mais, pour je ne sais quelle raison, ce texto me fait quand même sourire. Typique de Charlie.

*Je crois.*

# 9

# Charlie

Ratée la bonne nuit.

La trappe menant au grenier se trouve dans le placard que je partage avec ma sœur. Après avoir textoté un petit « bonne nuit » à Silas, j'escalade les trois étagères, bourrées de pulls, et je la pousse du bout des doigts, tout en jetant un regard derrière moi pour vérifier si Janette n'a pas levé la tête de son téléphone. Ce doit être normal, moi qui grimpe au grenier en la laissant en bas. J'ai envie de lui demander si elle va monter avec moi, mais il était déjà épuisant de l'emmener dîner. On verra une autre fois. Je trouverai bien le moyen de nous rabibocher plus tard.

Je ne sais pas pourquoi mais, à mesure que je passe la tête dans l'ouverture et me hisse à travers cet étroit espace, je me représente le visage de Silas : sa peau bronzée, si lisse, ses lèvres pleines. Combien de fois ai-je goûté sa bouche, alors que je ne peux pourtant me rappeler aucun de ses baisers ?

Dans cette atmosphère lourde et tiède, je rampe vers un tas de coussins et m'adosse dessus, tends les jambes devant moi. Il y a une torche électrique au sommet d'une pile de livres. Je l'allume pour en examiner les dos : des histoires que je connais mais que je ne me rappelle pas avoir lues. Bizarre quand même d'être faite de chair et d'os mais remplie d'une âme qu'on n'a jamais rencontrée.

Je prends les livres un par un, en lis la première page. Je voudrais savoir qui elle est — qui je suis. Au pied de la pile, je trouve un ouvrage plus grand que les autres, relié d'un cuir rouge craquelé. Sur le coup, je crois avoir mis la main sur un journal. Je commence à l'ouvrir d'une main tremblante.

Ce n'est pas un journal. Mais un album. De lettres de Silas.

Je le sais parce qu'il signe chacune d'un S anguleux qui évoque un éclair. Et je sais que j'aime son écriture, directe et précise. À chaque feuillet est agrafée une photo — vraisemblablement prise par Silas. Je lis les lettres l'une après l'autre, je me régale de tous ces mots, de ces déclarations enflammées. Silas est amoureux.

*C'est si beau…*

Il se plaît à imaginer la vie avec moi. Dans un brouillon, rédigé au dos d'un sachet en papier brun, il détaille comment il passera Noël quand on sera chez nous, ensemble : un bon cidre devant le sapin, la pâte des cookies dont on se gavera avant de les mettre au four. Il dit qu'il veut me faire l'amour à la lueur des bougies pour voir mon corps dans cette lumière. La photo accrochée à cette lettre représente un minuscule arbre de Noël dans ce qui semble être sa chambre. On doit l'avoir décoré ensemble.

Je trouve un autre message au dos d'un reçu, dans lequel il décrit ce qu'il pourrait ressentir en moi. Cela me fait un peu rougir mais je lis et relis ces rêves érotiques avec délectation. La photo qu'il y a fixée est celle de mon épaule nue. Tout cela me donne un sacré coup au cœur et me coupe un peu le souffle. Je ne sais plus si la part de moi que j'ai oubliée est amoureuse de lui. Toujours est-il que je ne ressens que de la curiosité à l'égard de ce garçon brun qui me regarde avec une telle intensité.

Je range le tout, et je referme le cahier avec l'impression de m'immiscer dans la vie de quelqu'un d'autre. Tout cela revenait à Charlie. Pas à moi. Je m'endors, emportée par les mots de Silas, par toutes ces lettres qui dansent dans mon esprit jusqu'à ce que…

*Une fille tombe à genoux devant moi.*

*— Écoute, murmure-t-elle. Nous n'avons pas beaucoup de temps…*

*Mais je ne l'écoute pas. Je la repousse et elle s'en va. Je reste là. Un feu brûle dans une vieille poubelle de métal. Je me frotte les mains pour me réchauffer. Quelque part derrière moi un saxophone joue un air qui s'achève en une sorte de cri. C'est là que je me mets à courir. Je traverse le feu qui se répand maintenant partout, attaquant les maisons le long de la rue. Je cours, étouffée par la fumée, jusqu'à me retrouver devant une enseigne de magasin rose, l'unique bâtiment qui ne brûle pas. C'est une brocante. J'ouvre la porte sans plus y réfléchir parce que c'est le seul endroit où je puisse me réfugier. Silas m'y attend. Il me conduit au milieu de livres et de bouteilles pour m'emmener dans une autre pièce. Une femme assise sur un trône de miroirs brisés me contemple avec un mince sourire. Les éclats de miroir reflètent des lueurs qui s'en vont danser sur les murs. Je me tourne vers Silas pour lui demander où nous sommes, mais il est parti.*

*— Vite !*

Je m'éveille en sursaut.

Janette a passé le haut du corps dans l'embrasure de la trappe et me secoue le pied.

— Il faut te lever, dit-elle. Tu ne peux plus manquer une seule journée.

Toujours dans ce grenier humide et froid, je me frotte les yeux pour en chasser le sommeil, puis redescends dans notre chambre à la suite de ma sœur. Je suis touchée qu'elle sache que j'ai atteint ma limite de jours d'absence et s'en soucie assez pour venir me réveiller. Je tremble encore lorsque j'arrive sous la douche ; je n'ai pas évacué le rêve. Je vois toujours mon reflet dans les éclats de miroir brisés du trône.

Les flammes dansent autour et en dehors de mon champ de vision, guettant derrière mes paupières chaque instant où je les ferme. Si je me concentre un peu, je sens la cendre noyer le parfum du gel pour le corps et du shampooing écœurant que je verse dans ma paume. J'essaie de me rappeler les paroles de Silas… *Tu es tiède et humide et ton corps me retient comme pour m'empêcher de partir.*

Janette tambourine à la porte :

— Tu es en retard ! crie-t-elle.

Je m'habille en hâte et on se heurte sur le seuil quand je me rends compte que j'ignore comment elle compte se rendre au lycée aujourd'hui. Hier, j'ai demandé à Silas de passer me prendre.

— Amy devrait déjà être là, annonce-t-elle en jetant un regard par la fenêtre.

À croire qu'elle ne supporte pas l'idée de me regarder. Je sors mon téléphone pour textoter à Silas de ne pas venir. Je vérifie également si je n'ai pas de message d'Amy, à l'instant où une petite Mercedes tourne au coin de la rue.

— Amy, dis-je.

Je me demande si c'est une des filles avec qui j'ai déjeuné hier. La voiture se gare devant notre trottoir et on la rejoint. Janette grimpe à l'arrière sans dire un mot et, après quelques secondes d'hésitation, j'ouvre la portière avant. Amy est noire. Je la dévisage une minute avec surprise puis m'installe à mon tour.

— Salut ! lance-t-elle sans nous regarder.

Heureusement, d'ailleurs, ça m'a permis de l'observer discrètement.

Elle est ravissante ; les cheveux un peu plus clairs que sa peau, nattés jusqu'à la taille. Elle semble tout à fait à l'aise avec moi, sans compter qu'elle nous fait la gentillesse de nous emmener au lycée. C'est sûrement une excellente amie.

— Ravie de voir que tu vas mieux, lance-t-elle. Tu as pris une décision en ce qui concerne Silas ?

— Je… euh… Silas ?

— Ah bon ! conclut-elle. C'est bien ce que je pensais. Tu ne sais pas encore. C'est quand même dommage, parce vous allez très bien ensemble quand vous faites un petit effort.

Je garde le silence presque jusqu'à l'arrivée, en me demandant où elle veut en venir.

— Amy, dis-je finalement. Comment décrirais-tu ma relation avec Silas à quelqu'un qui ne nous connaîtrait pas ?

— Tu vois, c'est ça ton problème. Tu prends tout comme un jeu.

Elle se gare devant le lycée et Janette descend. Réglé comme du papier à musique.

Je lui lance un « au revoir » alors qu'elle claque la portière, avant de commenter :

— Quelle peste !

Amy fait la grimace.

— Parce que toi tu es la fille la plus gentille de la Terre, peut-être ? Franchement, je ne sais pas ce qui t'arrive, là. Tu es encore plus à l'ouest que d'habitude.

Je me mords les lèvres tandis qu'on se gare dans le parking du lycée. La voiture n'est pas arrêtée que j'ai déjà ouvert la portière.

— Qu'est-ce qui te prend, Charlie ?

Je préfère ne pas entendre la suite et me précipite dehors, les bras serrés sur ma poitrine. Tout le monde me détestait, ou quoi ? J'entre dans le bâtiment tête baissée. Il faut que je trouve Silas. Les élèves me regardent mais moi je ne m'attarde sur personne. Je veux prendre mon téléphone pour lui envoyer un texto avant de me rendre compte que ma poche est vide. Je serre les poings. La dernière fois que je l'ai utilisé, c'était pour dire à Silas de ne pas passer me prendre. J'ai dû l'oublier dans la voiture d'Amy.

Je retourne vers le parking quand quelqu'un m'appelle par mon nom.

*Brian.*

Il arrive en courant. Il garde une trace sous l'œil, là où je l'ai frappé. Bien fait.

— Quoi ? dis-je.

— Tu m'as tapé dessus.

Il s'arrête soudain, comme s'il craignait que je ne recommence. Là, je me sens un peu coupable. Je n'aurais pas dû faire ça. Quoi qu'il ait pu se passer entre nous avant ce qui nous arrive, il n'y est pour rien.

— Désolée, dis-je. J'ai des petits soucis, en ce moment. Je n'aurais pas dû faire ça.

À croire que c'était exactement ce qu'il voulait entendre. Son expression se détend et il se passe une main sur la nuque.

— On peut aller parler dans un endroit plus tranquille ?

Le corridor grouille d'étudiants pressés.

— Non, dis-je.

— Bon, tant pis, on va faire ça ici.

Je regarde autour de moi, espérant repérer Amy pour lui demander les clefs de sa voiture et…

— C'est Silas ou moi.

J'écarquille les yeux.

— Pardon ?

— Je t'aime, Charlie.

Ouh, là ! J'en aurais presque un mouvement de répulsion. Je recule, à la recherche de qui pourrait m'aider à me sortir de là.

— Tu tombes mal, là, Brian. Il faut que je trouve Amy et…

— Je sais que vous avez eu une longue relation, tous les deux, mais ça fait un moment que tu veux arrêter. Ce mec est un con, Charlie. Tu as vu ce qui est arrivé à la Crevette. Je ne comprends pas…

— De quoi tu parles ?

Il semble contrarié que je l'aie interrompu.

— Je parle de Silas et…

— Non, pour la Crevette.

Maintenant, les gens s'arrêtent pour nous contempler ; tous les regards se portent sur moi. Je ne vois que des yeux partout. Ça me met très mal à l'aise. Je déteste ça.

— Tiens.

D'un mouvement de la tête il me désigne une fille qui ouvre les portes et vient dans notre direction. Quand elle s'aperçoit que je la regarde, elle s'empourpre, toute rose comme une crevette. Elle était dans ma classe, hier. C'est elle qui a ramassé les livres par terre. Elle est menue, les cheveux marronnasses tirant sur le vert, comme si elle avait voulu se les teindre elle-même et s'était complètement ratée. Que ce soit sa couleur naturelle ou pas, c'est… sinistre. Sans parler de ses mèches qui partent dans tous les sens. Elle a le front plein de boutons et le nez retroussé. Tout de suite, je la trouve laide. Mais il s'agit plus d'un fait que d'un jugement. Elle s'éloigne aussitôt, se fond dans la foule.

J'ai l'impression qu'elle se cache plutôt derrière le dos de quelques curieux, comme si elle essayait de nous écouter en douce. J'ai senti quelque chose… en voyant son visage, j'ai senti quelque chose.

Prise de vertige, je laisse Brian me prendre par le coude et m'attirer contre lui.

— C'est moi ou Silas, répète-t-il.

Je l'ai déjà frappé pour m'avoir touchée. Mais là, je ne pense pas à lui. Je pense à la fille, la Crevette ; je me demande si elle est bien restée dans les parages, cachée derrière quelqu'un d'autre.

— Il me faut une réponse, Charlie.

Il me tient si près que, quand je lève le visage vers lui, je distingue les taches de couleur sur ses iris.

— Bon, alors c'est Silas, dis-je doucement.

Je sens son corps se crisper.

# 10

# Silas

— Tu vas venir à l'entraînement, aujourd'hui ? demande Landon.

Il est déjà sorti et s'apprête à refermer la portière, alors que je ne me rappelle même pas m'être garé dans le parking du lycée, encore moins avoir coupé le moteur. Je hoche la tête mais évite de croiser son regard. J'étais tellement perdu dans mes pensées durant le trajet que je n'ai pas pensé à interroger mon frère.

J'étais obnubilé par le fait que je n'avais retrouvé aucun souvenir à mon réveil. Quelque part, j'espérais que Charlie avait raison, qu'après une bonne nuit de sommeil, tout reviendrait à la normale. Malheureusement, ça n'a pas été le cas.

Du moins, pas pour *moi*. Je n'ai pas encore parlé à Charlie, et son texto de ce matin ne laissait rien deviner.

Je ne l'ai même pas ouvert. Il a flashé sur mon écran et le début de la première phrase a suffi à me faire comprendre que je n'aimerais pas trop. J'ai commencé par me demander qui pouvait l'emmener et si elle était vraiment d'accord.

Mon instinct protecteur se réveille dès qu'il s'agit d'elle, mais j'ignore si ça a toujours été ainsi ou si cela provient du fait que je ne peux plus me fier qu'à elle.

Je sors de la voiture, décidé à la retrouver, à m'assurer qu'elle va bien, alors qu'il y a de grandes chances pour que ce soit le cas. Pas besoin de la connaître par cœur pour savoir qu'elle n'a pas vraiment besoin de mon aide. Elle est farouchement indépendante.

N'empêche que je vais essayer.

En entrant dans le lycée, je me rends compte que je ne sais par où commencer. Ni elle ni moi ne saurions retrouver nos casiers et, si on considère que tout cela nous est arrivé hier pendant le quatrième cours, on ignore l'un autant que l'autre où ont lieu les trois cours précédents.

Je décide de me rendre au secrétariat pour demander un nouvel exemplaire de mon emploi du temps. En espérant que Charlie y aura également songé, parce que je doute qu'ils me donnent le sien par la même occasion.

Je ne reconnais pas la secrétaire mais elle m'adresse un sourire aimable.

— Vous venez pour Mme Ashley, Silas ?

*Mme Ashley.*

Je commence par faire non de la tête mais elle me désigne déjà la porte entrouverte d'un bureau.

Qui que soit cette dame, je dois lui rendre visite assez souvent pour que ma présence ici ne semble étonner personne.

Je n'ai pas le temps de m'y rendre qu'une femme blonde en sort. Grande, jolie, sûrement beaucoup trop jeune pour être une employée. À première vue, je dirais qu'elle sort tout juste de l'université.

— Monsieur Nash, lance-t-elle avec un vague sourire. Avez-vous pris rendez-vous ?

Ses longs cheveux suivent les mouvements de sa tête.

Je m'arrête alors qu'elle adresse un geste à la secrétaire.

— C'est bon, dit-elle, j'ai quelques minutes. Entrez.

Je passe donc devant elle, lis au passage la plaque sur la porte :

AVRIL ASHLEY, CONSEILLÈRE D'ORIENTATION

Tandis qu'elle ferme derrière elle, je regarde le décor qui nous entoure, les citations affichées au mur, les posters traditionnels aux messages positifs. D'un seul coup, je ne me sens plus à mon aise, comme pris au piège. J'aurais dû dire que je n'avais plus besoin de la voir, pourtant, j'espère que cette conseillère — *à qui il semblerait que je rende visite régulièrement* — pourra m'indiquer quelques détails sur mon passé propres à nous aider, Charlie et moi.

Je me retourne à l'instant où elle pousse le verrou ; puis elle vient tranquillement dans ma direction.

Ses mains se posent sur mon torse et, alors que ses lèvres vont se poser sur les miennes, je recule jusqu'à heurter un casier.

*Waouh !*

*Qu'est-ce qu'elle fout ?*

Elle paraît vexée que je repousse ainsi ses avances. On doit faire ça souvent.

*Comme ça, je baise avec la conseillère d'orientation ?*

Je pense aussitôt à Charlie ; on a l'air si peu engagés l'un envers l'autre… je me demande quelles étaient nos relations, au juste. *Était-on seulement ensemble ?*

— Qu'est-ce qu'il y a ? demande Mme Ashley.

Je me retourne un peu pour m'éloigner encore d'elle vers la fenêtre.

— Je ne me sens pas trop bien, aujourd'hui. Un peu mal au cœur…

On dirait que cette explication lui plaît, car elle revient vers moi, m'embrasse dans le cou.

— Pauvre petit, susurre-t-elle. On va arranger ça.

Je rouvre grand les yeux, à la recherche d'une porte de sortie. Mon attention se détourne sur l'ordinateur, à côté de l'imprimante, tandis que j'essaie de me dégager.

— Madame…

*C'est nul à tous les points de vue.*

Elle rit.

— Tu ne m'appelles jamais comme ça quand on est seuls. Ça fait drôle.

Elle paraît trop à l'aise. Il faut que je m'en aille d'ici.

— *Avril*… S'il vous plaît, vous pourriez m'imprimer mon emploi du temps et celui de Charlie ?

Dès qu'elle entend ce nom, elle se raidit, son sourire disparaît. *Point litigieux, dirait-on.*

— J'envisage d'intervertir certains de mes cours, pour ne plus me retrouver avec elle.

*On ne peut pas être plus éloigné de la vérité…*

Mme Ashley – Avril – m'effleure le torse du bout des doigts et son sourire réapparaît.

— Ah, il serait temps de suivre les avis de ta conseillère !

Sa voix suinte de sous-entendus sexuels. Je vois à peu près comment les choses ont pu se dérouler dans ces conditions mais là, ça me laisse de marbre. En fait, je n'en déteste que davantage ce que j'ai pu être.

Je la regarde s'asseoir et taper sur son clavier.

Elle sort les deux feuilles de son imprimante, me les tend mais, au dernier instant, m'empêche de les prendre, l'air malin.

— Attends, ce n'est pas gratuit, dit-elle en secouant lentement la tête.

Elle se penche au-dessus de son bureau, dépose les feuilles derrière elle sans me quitter des yeux. Elle ne va pas me laisser sortir d'ici sans que je la satisfasse, et c'est bien la dernière chose que j'ai envie de faire en ce moment.

J'effectue deux petits pas dans sa direction, pose les mains sur ses hanches, me penche vers son cou. Je l'entends soupirer à l'instant où je me mets à parler :

— Avril, il ne me reste que cinq minutes avant mon prochain cours. Impossible de faire tout ce que j'ai envie de faire en cinq petites minutes.

Là-dessus, je glisse les mains sur les emplois du temps et recule aussitôt. Elle se mord les lèvres, me dévore de ses yeux brûlants.

— Reviens à l'heure du déjeuner, murmure-t-elle. Une heure te suffira, monsieur Nash ?

Je lui décoche un clin d'œil.

— Il faudra bien, dis-je en me dirigeant vers la porte.

Je ne m'arrête qu'une fois à l'angle du couloir, lorsque je quitte son champ de vision.

Il y a en moi un petit mec de dix-huit ans, totalement irresponsable, qui roule des mécaniques pour s'être, semble-t-il, déjà envoyé en l'air avec la conseillère du lycée, mais aussi un autre, plus raisonnable, qui le boxerait bien pour faire des saletés pareilles à Charlie.

Cette fille-là, c'est pourtant autre chose, et je m'en veux à mort d'avoir mis notre relation en danger.

Cela dit, elle en a fait autant de son côté.

* * *

Coup de chance, les emplois du temps citent nos numéros de casiers et leurs combinaisons d'ouverture. Le sien est le 543, le mien, le 544. Sûrement pas par hasard.

J'ouvre d'abord le mien et j'y trouve trois livres, un gobelet à moitié plein de café et l'emballage vide d'un roulé à la cannelle. Deux photos sont fixées sur la paroi : l'une de Charlie et moi, l'autre de Charlie toute seule.

Je la décolle pour la regarder de plus près. Si nous n'étions pas heureux ensemble, pourquoi y a-t-il des photos d'elle dans mon casier? Surtout celle-ci. Visiblement, c'est moi qui l'ai prise, car elle est vraiment du style de celles qui ornent les murs de ma chambre.

Charlie est assise sur un canapé, les jambes croisées, la tête légèrement baissée, et elle regarde l'objectif.

Elle me fixe d'une expression intense — car j'ai vraiment l'impression qu'elle regarde. Elle paraît à l'aise, sûre d'elle; elle a l'air heureuse, pourtant elle ne rit pas. Il semble que, ce jour-là, tout allait bien pour elle. Pour nous. Ses yeux ont l'air de crier mille choses, mais j'entends surtout: «Je t'aime, Silas!».

Je la contemple encore un peu puis remets la photo à sa place. Je vérifie si je n'ai pas de messages sur mon téléphone. Rien. Je jette un coup d'œil autour de moi et vois Landon déboucher du hall d'entrée.

— On dirait que Brian fait encore partie du décor, lance-t-il.

La cloche sonne.

Je regarde dans la direction d'où provient mon frère et aperçois une masse d'étudiants au bout du couloir. Ils ralentissent, regardent derrière eux, certains dans ma direction. On dirait qu'il se passe quelque chose, là-bas. Je me précipite, attirant pas mal l'attention sur mon passage.

Une faille s'ouvre dans ce flot de gens et, d'un seul coup, je la reconnais. Adossée à une rangée de casiers, elle croise les mains sur ses épaules.

En face d'elle, Brian la dévisage avec attention. Il a l'air profondément absorbé par leur conversation, tandis qu'elle apparaît plutôt sur ses gardes. Il me repère presque aussitôt et se crispe. Suivant son regard, Charlie pose à son tour les yeux sur moi.

Apparemment, elle n'a pas besoin de mon aide ; pourtant, elle semble soulagée de me voir. Un sourire lui étire les lèvres et je ne pense plus qu'à la débarrasser de lui. Je réfléchis deux secondes. Faut-il le menacer ? Ou le frapper, comme j'en avais déjà tellement envie hier dans le parking ? Aucune de ces options ne paraît correspondre à ce que je voudrais lui faire comprendre.

J'entends Charlie lui dire :

— Tu devrais aller en cours.

Elle avait l'air de le prévenir que j'arrivais. Comme si elle craignait que je ne le frappe. Aucun risque. Ce que je vais faire à Brian Finley risque de lui faire infiniment plus mal que si j'essayais de le boxer.

La deuxième cloche sonne. Personne ne bouge. Personne ne se précipite pour éviter d'arriver en retard.

Ils attendent la suite. Espérant sans doute que je vais déclencher une bagarre. Peut-être comme l'aurait fait l'ancien Silas ? Faut-il que le nouveau Silas en fasse autant ?

Sans tenir compte des autres, je ne vise que Charlie et me dirige tranquillement vers elle. Dès que Brian me voit, il s'écarte. Cette fois, c'est lui que je regarde, tout en tendant le bras vers elle ; à elle de le prendre et de me suivre ou de rester là où elle est.

Je sens ses doigts se glisser entre les miens et elle me saisit la main. Je l'entraîne loin des casiers, de Brian, de la multitude. Cependant, au coin du couloir, elle la lâche, s'immobilise.

— C'était un peu théâtral, tu ne trouves pas ?

Je me tourne vers elle. Elle fronce les sourcils mais une trace de sourire flotte encore sur sa bouche. Je ne sais pas si ça l'amuse ou si ça l'énerve.

— Ils s'attendaient à une certaine réaction de ma part, dis-je. Que voulais-tu que je fasse ? Que je lui tape sur l'épaule en lui demandant poliment si je pouvais me mêler à la conversation ?

Elle croise les bras.

— Qu'est-ce qui te fait croire que j'avais besoin de ton aide ?

Je ne comprends pas son hostilité. J'avais pourtant l'impression qu'on s'était quittés en bons termes, hier soir.

— Désolée, reprend-elle en baissant les yeux. Je… Enfin, j'essayais de le faire parler, d'obtenir des renseignements. C'est juste pour ça que j'étais avec lui, pas pour flirter.

Cette réaction me prend de court. Je n'aime pas son petit air coupable. Ce n'est pas pour ça que je l'ai arrachée à lui, mais je comprends maintenant qu'elle me croit vraiment furieux de l'avoir trouvée avec lui. Pourtant, on voit bien qu'elle ne voulait pas se trouver là, mais elle ne se rend sans doute pas compte à quel point j'ai appris à lire en elle.

Je me rapproche et, quand elle relève les yeux vers moi, je lui souris.

— Ça te mettrait plus à l'aise si je te disais que je t'ai trompée avec la conseillère d'orientation ?

L'air choquée, elle aspire une grande bouffée d'air.

— Il n'y a pas que toi qui nous faisais des infidélités, Charlie. Si j'ai bien compris, on commettait tous les deux quelques petites irrégularités, alors ne sois pas trop dure avec toi-même.

En principe, une fille ne se montre pas soulagée quand elle apprend que son petit ami la trompe, pourtant, c'est exactement sa réaction. Son regard s'apaise, elle pousse un soupir.

— Ah bon, souffle-t-elle en laissant retomber ses mains. Donc, en principe, on sort ensemble ?

— Attends, ce n'est pas un jeu. Ou alors on a tous les deux perdu.

— Si tu veux. Maintenant, on ferait mieux de chercher où ont lieu nos cours.

Je sors nos emplois du temps de ma poche, lui tends le sien.

— On n'a rien ensemble avant le cours d'histoire. Là, tu as littérature, dans l'autre bâtiment.

Elle me remercie d'un signe de la tête.

— Bien joué, dit-elle avec un sourire malicieux. Je suppose que c'est ta maîtresse conseillère d'orientation qui te les a procurés ?

Ses paroles me font sursauter, quand bien même je ne devrais éprouver aucun remords pour ce qui a pu se passer avant hier. Je rectifie :

— Mon *ex*-maîtresse conseillère d'orientation.

Elle éclate d'un rire solidaire. On est dans une situation pourrie et ces nouvelles informations n'arrangent rien mais, tant qu'on peut en rire, c'est qu'au moins cette situation nous semble aussi absurde à l'un qu'à l'autre. Une seule pensée me hante alors que je m'éloigne de Charlie : j'aimerais trop que Brian Finley s'étouffe de la voir rire.

★ ★ ★

Les trois premiers cours de la journée m'ont paru complètement imbitables. Aucun des participants, aucun sujet de discussion ne m'était familier. Je me sentais comme un imposteur, dépaysé, égaré.

En revanche, à l'instant où je suis entré dans la quatrième classe, je me suis assis à côté de Charlie, et mon humeur a changé du tout au tout. Elle, je la connais, et c'est bien la seule dans ce monde d'incohérence et de désordre.

On a échangé quelques regards mais pas un mot durant le cours. On ne se parle toujours pas alors qu'on entre ensemble dans la cafétéria. Je jette un coup d'œil à notre table et tous nos voisins de la veille sont déjà là ; il ne reste que nos deux places libres.

De la tête je lui désigne la file d'attente devant le buffet :

— On pourrait peut-être se servir d'abord.

— Pas trop faim, marmonne-t-elle. Je vais t'attendre à table.

Là-dessus, elle se dirige vers notre groupe tandis que je pars faire la queue.

Après avoir attrapé mon plateau et un Pepsi, je la rejoins et la trouve en train de consulter son portable, comme pour mieux s'exclure des conversations alentour.

Le type à ma droite – Andrew, je crois – me donne un coup de coude.

— Silas, dis à cet abruti quel poids j'ai soulevé, lundi.

Je regarde son interlocuteur, en face de nous, qui lève les yeux au ciel avant de vider sa bouteille de soda puis de la claquer sur la table.

— Arrête, Andrew ! Comme si j'allais croire que jamais ton meilleur ami ne mentirait pour toi ?

*Meilleur ami.*

Andrew est mon meilleur ami, et moi je ne savais même pas comment il s'appelait il y a trente secondes.

Mon attention se reporte sur la nourriture devant moi. J'ouvre mon soda, en bois une gorgée et vois Charlie qui presse la paume sur son ventre. Malgré le bruit qui nous entoure, j'entends son estomac gargouiller. Elle a faim.

*Si elle a faim, qu'est-ce qu'elle attend ?*

Je me penche vers elle :

— Charlie ? Pourquoi tu ne manges rien ?

Comme elle me répond d'un haussement d'épaules, je baisse encore la voix.

— Tu as de l'argent ?

Elle me fusille du regard, comme si je venais de révéler un secret vital à toute la salle. Elle déglutit, détourne les yeux, gênée.

— Non, souffle-t-elle. J'ai donné mes derniers dollars à Janette ce matin. Mais ça ira…

Je repose ma bouteille, pousse mon plateau vers elle.

— Prends-le, je vais en chercher un autre.

Je me relève aussitôt et repars faire la queue. Quand je reviens, elle a mangé quelques bouchées. Elle ne me remercie pas et je préfère ça. Je veux qu'elle trouve ce geste normal de ma part.

À la fin du repas, je lui demande :

— Tu veux que je te ramène chez toi, ce soir ?

— Tu ne vas pas encore rater l'entraînement, mon pote ! s'écrie Andrew. Sinon, tu es sur la touche au match de demain soir.

Je me passe une main sur le visage, puis sors mes clefs de ma poche.

— Tiens, dis-je en les tendant à Charlie. Tu n'as qu'à ramener ta sœur après le lycée. Tu reviendras me chercher après l'entraînement.

Elle essaie de me les rendre, mais je ne les prends pas.

— Garde-les, lui dis-je. Tu pourrais avoir besoin d'une voiture, aujourd'hui. Moi, je ne m'en sers pas.

— Tu la laisses conduire ta caisse ? intervient Andrew. Tu te fous de moi, alors que je n'ai jamais eu le droit de m'asseoir au volant !

— Ouais, bon, je ne suis pas amoureux de toi, non plus.

Éclatant de rire, Charlie en recrache son soda. Son sourire lui illumine tout le visage, au point que ses yeux en paraissent moins foncés. J'ai sans doute tout oublié d'elle, mais je parie que son sourire était ce que je préférais en elle.

⋆ ⋆ ⋆

Journée épuisante aujourd'hui. J'ai l'impression d'avoir passé des heures en scène, à jouer la comédie, ou plutôt à improviser, parce que je n'avais pas de texte. Les seules choses qui me tentent, maintenant, sont soit mon lit, soit Charlie. Ou mieux, les deux à la fois.

Seulement, on a d'abord quelque chose à régler, tous les deux : savoir ce qui a pu nous arriver hier. C'est dire qu'on n'avait pas trop envie de venir au lycée, aujourd'hui ; mais, d'un autre côté, il y a des chances pour que ce soit là qu'on trouve des réponses. Après tout, c'est bien là que tout s'est passé, au beau milieu de la journée.

L'entraînement de foot pourrait aussi m'aider. Je vais me retrouver parmi des gens que je n'ai pas beaucoup vus ces dernières vingt-quatre heures. Je pourrais y apprendre des choses sur moi-même ou sur Charlie.

Au moins, les casiers portent tous un nom, du coup, je n'ai pas de mal à trouver mon équipement. Plus difficile : comment l'enfiler ? Je me débats avec mon pantalon tout en essayant de paraître naturel. Le vestiaire se vide à mesure que les garçons se rendent sur le terrain, jusqu'à ce que je me retrouve seul.

Une fois que je pense avoir bien placé chaque élément, j'attrape mon maillot sur l'étagère du haut, et c'est là que, au fond, une boîte attire mon attention. Je la saisis, retourne m'asseoir sur le banc. C'est une boîte rouge, beaucoup plus grande qu'un simple coffret à bijoux. J'en soulève le couvercle et y trouve quelques photos.

Elles ne représentent pas des gens, plutôt des lieux. Je les feuillette, jusqu'à tomber sur l'image d'une balançoire. Il pleut, le sol dégorge d'eau. Je la retourne. Au dos, on a écrit : *Notre premier baiser.*

La suivante représente une banquette arrière, mais vue du sol. Je la retourne. *Notre première dispute.*

Et puis vient une église, ou plutôt le portail d'entrée. *Là où on s'est rencontrés.*

Je les regarde toutes et trouve finalement une lettre, pliée en quatre au fond de la boîte. Elle est courte, j'y reconnais mon écriture ; elle s'adresse à Charlie. Je commence à la lire, mais mon téléphone grésille, alors je le sors.

À quelle heure se termine ton entraînement ?

Sais pas trop. Trouvé une boîte dans le casier. Sais pas si ça va nous aider, mais il y a une lettre dedans.

Elle dit quoi ?

— Silas ! crie quelqu'un derrière moi.

En me retournant, je lâche deux photos. Un homme se tient dans l'encadrement de la porte, l'air furieux.

— Sur le terrain !

Je fais oui de la tête et il s'en va. Je range toutes les photos, remets la boîte à sa place, inspire une goulée d'air pour me calmer et me rends sur le terrain.

Deux rangées s'y font face, les garçons penchés en avant, le regard menaçant. Je vois tout de suite une place vide et m'y glisse en douce, copiant l'attitude des autres.

— Bordel, Nash ! crie quelqu'un. Tes épaulières !

Mes épaulières. Merde.

Je retourne en courant dans le vestiaire. Je sens que je vais vivre l'heure la plus longue de ma vie. Bizarre que je ne me rappelle pas les règles du football. Ça ne doit pourtant pas être si difficile. Il suffit de courir dans tous les sens, et fini l'entraînement.

Je repère des épaulières derrière les casiers. Heureusement, elles ne sont pas trop compliquées à enfiler. Je regagne en vitesse le terrain, où mes petits camarades sont en train de courir dans tous les sens, comme des fourmis. J'hésite avant de me joindre à eux. Quand retentit un coup de sifflet, quelqu'un me pousse en avant.

— Vas-y !

Les lignes, les nombres, les zones d'en-but. Tout cela ne signifie rien pour moi. L'un des entraîneurs lance un ordre et, le temps que je m'en rende compte, le ballon m'arrive dessus. Je l'attrape.

*Et maintenant ?*

Courir. Je dois sans doute courir.

Je n'ai pas franchi un mètre que je me retrouve sur le gazon. Coup de sifflet. Un homme crie.

Je me redresse alors qu'un entraîneur arrive dans ma direction.

— C'est quoi cette merde ? Remets-toi au jeu et vite !

Le front en sueur, je regarde autour de moi. La voix de Landon s'élève derrière mon dos.

— Hé, mon pote, ça ne va pas ?

Je me retourne tandis que les autres se regroupent autour de moi. Suivant leur mouvement, je pose les bras sur leurs dos. Personne ne dit rien pendant quelques secondes, jusqu'au moment où je me rends compte que tout le monde me regarde. Ils attendent. Je dois dire quelque chose ?

— Bon, tu décides ou tu arrêtes ? lance le type à côté de moi.

— Euh… toi, dis-je en désignant Landon. Vas-y…

Sans leur laisser le temps de m'interroger davantage, je m'écarte et le groupe s'éparpille.

J'entends quelqu'un murmurer :

— L'entraîneur va l'exclure.

Nouveau coup de sifflet qui s'achève sur la ruée d'un train de marchandises dans ma poitrine.

Du moins, c'est l'effet que ça me fait.

Le ciel est au-dessus de ma tête, mes oreilles sifflent. Je n'arrive pas à reprendre mon souffle.

Landon se penche sur moi, secoue mon casque.

— Qu'est-ce que tu fous ?

Il regarde autour de nous, revient sur moi, plisse les yeux.

— Reste par terre. Fais le blessé.

Je suis son conseil tandis qu'il se relève d'un bond.

— Je lui avais dit de ne pas venir à l'entraînement, explique-t-il. Il sort d'une angine. Je crois qu'il est déshydraté.

Je ferme les yeux, soulagé. Sympa, mon frère.

— Qu'est-ce que tu traînes encore là, Nash ? lance l'entraîneur en s'agenouillant devant moi. Retourne au vestiaire te réhydrater. On joue un match, demain soir.

Il se relève, adresse un signe à l'un de ses assistants.

— Donne-lui un Z-pack et arrange-toi pour qu'il soit prêt demain.

Landon m'aide à me remettre debout. J'ai encore les oreilles vibrantes mais, au moins, je peux respirer. Je me dirige vers le vestiaire, soulagé de pouvoir quitter le terrain. Je n'aurais jamais dû venir ici. *Pas malin, Silas.*

Une fois devant mon casier, je change de vêtements et, alors que j'enfile mes chaussures, j'entends des pas retentir dans le couloir. D'un rapide coup d'œil, je repère une sortie de secours et file dans cette direction. Coup de chance, elle donne sur le parking.

Et là, j'aperçois ma voiture. Je me précipite à l'instant où Charlie en sort. Je suis tellement content de la voir – de pouvoir parler à quelqu'un – que je ne réfléchis pas à ce que je vais faire.

Je la saisis par le poignet, l'attire contre moi, l'enlace en poussant un soupir, le visage dans ses cheveux. Avec elle je me sens bien. En sécurité. J'en oublierais presque que je ne peux pas me rappeler…

— Qu'est-ce que tu fiches ?

Elle s'est figée et la froideur de sa réaction me rappelle qu'on n'est pas censés faire ce genre de chose. Ça, c'était bon pour Silas et Charlie.

*Merde.*

Je m'éclaircis la gorge et relâche mon étreinte ; je recule en murmurant :

— Pardon. Question d'habitude.

— On n'a pas d'habitudes, dit-elle en me bousculant.

Elle contourne le capot tandis que je lui demande :

— Tu crois que tu as toujours été aussi méchante avec moi ?

Elle me regarde par-dessus le toit.

— Je te parie que oui. Tu m'as l'air d'adorer les punitions.

— Un vrai maso, quoi.

On s'installe ensemble dans la voiture ; j'ai deux directions possibles ; d'abord chez moi pour y prendre une douche, mais je suis sûr que si je demandais à Charlie de m'accompagner, elle répondrait non rien que pour m'embêter. Alors je démarre sans rien lui dire.

⋆ ⋆ ⋆

— Pourquoi tu souris ? me demande-t-elle alors qu'on roule depuis dix minutes.

Je ne m'en étais pas rendu compte.

— Bof, je réfléchis.

— À quoi ?

— Je me demandais comment ce vieux Silas a réussi à briser ta carapace.

Ça la fait rire.

— Tu es sûr qu'il y est arrivé ?

— Tu as vu la vidéo. Tu l'aimais. Enfin *moi*… tu m'aimais.

— *Elle* t'aimait. Tandis que moi, je ne suis même pas encore sûre de t'*apprécier*.

— Écoute, je ne sais pas si je me connais bien mais je crois que j'avais l'esprit de compétition. Parce que je considérais ça comme un défi.

— Quoi « ça » ? Tu crois que tu pourrais me pousser à t'apprécier ?

Je me tourne vers elle en secouant légèrement la tête.

— Non, je vais te pousser à m'aimer à nouveau.

Je la vois déglutir mais son désarroi ne dure pas longtemps.

— Eh bien, bonne chance ! dit-elle en regardant droit devant elle. Je suis sûre que tu seras le premier mec à rivaliser contre lui-même pour une fille.

— C'est possible, dis-je en me garant dans l'allée qui mène à ma maison. Mais je parie sur moi.

Je coupe le moteur et sors. Elle ne détache pas sa ceinture.

— Tu viens ? dis-je. Je voudrais vite prendre une douche.

Elle ne me regarde même pas.

— Je t'attends dans la voiture.

Tant pis, je ferme la portière et me dirige vers la maison en songeant à ce petit sourire que je jurerais avoir aperçu au coin de sa bouche.

Et si je n'ai pas pour seul objectif de la ramener dans ma vie, c'est en fait mon plan de secours au cas où ni elle ni moi ne trouverions comment revenir à ce que nous étions avant-hier. Parce que, malgré toutes ces conneries – elle qui me trompe avec Brian, moi qui la trompe avec la conseillère, nos familles à la casse –, on aura quand même essayé. Ça prouve sans doute qu'il existait quelque chose de spécial entre nous, plus profond qu'une simple attirance ou une affection de gamins, qui me donne envie de me battre pour la garder.

Et j'ai envie de l'éprouver encore. De me rappeler ce que c'est qu'aimer quelqu'un comme elle. Pas n'importe qui. J'ai envie de savoir ce que c'est qu'aimer *Charlie*.

# 11

# Charlie

Debout au bord de la pelouse, je regarde la rue, quand il surgit derrière moi. Je ne l'entends pas approcher, mais j'ai senti son odeur. Je me demande bien pourquoi, d'ailleurs, puisqu'il sent l'air frais.

— Qu'est-ce que tu regardes ? demande-t-il.

J'examine ces maisons, impeccables, immaculées à en donner la nausée. Ça me donne envie de tirer en l'air, histoire de voir tous ces braves gens sortir affolés. Ce quartier aurait bien besoin d'un peu de vie.

— C'est fou comme l'argent peut plonger un quartier dans le silence, dis-je. Dans ma rue, où personne n'a d'argent, c'est si bruyant ! Les sirènes qui hurlent, les gens qui crient, les portières qui claquent, les radios qui braillent. Il y a toujours quelqu'un quelque part pour faire du bruit.

Je me retourne sans m'attendre à la réaction qu'il provoque en moi avec ses cheveux humides et sa mâchoire fraîchement rasée. Je me concentre sur ses yeux mais ça n'arrange rien. Alors je me détourne en me raclant la gorge.

— Je crois que je préfère le bruit.

Il s'approche jusqu'à ce qu'on se retrouve épaule contre épaule, à examiner ces lieux taciturnes.

— Mais non, dit-il, tu ne préfères rien du tout.

Comme s'il me connaissait… J'ai presque envie de lui rappeler qu'il ne me connaît pas du tout, mais il pose la main sur mon coude et m'entraîne :

— Viens, on s'en va. On oublie Charlie et Silas. On va faire des trucs à nous.

— Tu parles comme si on avait envahi des corps étrangers.

Il ferme les yeux, renverse la tête en arrière.

— Tu ne peux pas savoir combien de fois j'ai eu envie d'envahir ton corps.

Je ne peux m'empêcher d'éclater de rire, en même temps que je trébuche ; il me rattrape au vol et on se retrouve tous les deux à rire dans les bras l'un de l'autre.

Je détourne les yeux. Je n'en peux plus de le trouver si sympa. Je n'ai qu'un jour et demi de souvenirs et ils tournent tous autour de mes tendres sentiments pour Silas. Et voilà qu'il se donne pour mission de m'inciter à l'aimer à nouveau. L'ennui étant que ça ne me déplaît pas.

Malgré tout, je m'insurge :

— Dégage.

Levant les mains comme pour se rendre, il recule.

— Là ?

— Plus loin.

Encore un pas.

— C'est mieux comme ça ?

— Oui, dis-je agacée.

— Je ne me connais pas très bien, sourit-il, mais je joue le jeu, et reconnais que je ne manque pas d'atouts.

— Oh ça va, Silas ! En guise de jeu, tu représentes au mieux une partie de Monopoly. On ne fait qu'avancer jusqu'au moment où tout le monde finit par tricher pour que ça se termine plus vite.

Il ne répond pas tout de suite, au point que je m'en veux un peu d'avoir visé si juste rien que pour le charrier.

— Tu as raison, finit-il par plaisanter. C'est même pour ça que tu m'as trompé avec cette tête à claques de Brian. Mais coup de bol pour toi, je ne suis plus Silas Monopoly. Je suis Tetris Silas. Toutes mes pièces vont s'enfiler à la perfection dans tes pièces.

— En même temps que dans celles de la conseillère d'orientation.

— Coup bas, Charlie.

Je me mordille la lèvre avant de répondre :

— Tu as tort de m'appeler comme ça.

— Quoi ? Charlie ?

— Oui. Ça fait trop bizarre. Je n'ai pas l'impression d'être cette fille-là. Je ne la connais même pas. Ce n'est pas mon nom, voilà tout.

Il repart vers sa voiture.

— Il faut que je t'appelle autrement ?

— Oui, jusqu'à ce qu'on sache…

— Poppy.

— Non.

— Lucy.

— Mais pas du tout, qu'est-ce qui te prend ?

Il m'ouvre la portière passager et je grimpe dans la Rover.

— Bon, d'accord. Je vois que tu n'aimes pas les petits prénoms sympas. On va essayer autre chose.

Il s'installe au volant.

— Xena ?

— Non.

— Rogue.

— Beurk, non !

On continue comme ça jusqu'à ce que le GPS annonce qu'on est arrivés. Je m'aperçois alors que je n'avais pas du tout fait attention à la route. Un coup d'œil à mon téléphone m'indique que Brian m'a envoyé six textos. Aucune envie de lui répondre maintenant. Avant de me lever, je glisse l'appareil et mon portefeuille sous le siège pour ne plus les voir.

— On est où ?

— Bourbon Street. Le coin le plus branché de La Nouvelle-Orléans.

— Comment tu le sais, d'abord ?

— Trouvé sur Google.

On se regarde par-dessus le capot et on claque nos portières en même temps.

— Comment tu sais à quoi sert Google ?

— C'est le genre de chose dont je voudrais parler avec toi.

On se retrouve devant le capot de la voiture.

— Je crois qu'on est des aliens, dis-je. C'est pour ça qu'on ne partage pas les souvenirs de Charlie et de Silas, alors qu'on se rappelle de trucs comme

Google ou Tetris, parce que la puce informatique est dans nos cerveaux.

— Alors je dois t'appeler Alien ?

Spontanément, je lui balance le dos de ma main dans le torse.

— Méfie-toi, Silas !

Il laisse échapper un soupir tandis que je passe devant lui.

— C'est quoi, ça ?

Je lui montre une espèce de château tout blanc orné de trois tours qui pointent vers le ciel.

— On dirait une église, observe-t-il en sortant son téléphone.

— Qu'est-ce que tu fais ?

— Je prends une photo… pour le cas où on l'oublierait encore. On devrait toujours vérifier ce qui nous arrive et où on va.

Je ne réponds pas mais trouve l'idée excellente.

— Au fait, dis-je tout d'un coup. C'est là qu'on devrait aller. Les églises, c'est fait pour aider les gens, non ?

— Les gens, oui, pas les aliens.

Je le frappe de nouveau. Je voudrais qu'il prenne un peu ces choses au sérieux.

— Et si on était des anges venus pour aider quelqu'un, si on avait reçu ces corps pour remplir notre mission ?

— Tu déréailles, là.

On grimpe jusqu'au portail de l'église, fermé à double tour.

— Bon, dis-je en me retournant. Alors, d'après toi, qu'est-ce qui nous arrive ? On s'est cognés la tête l'un contre l'autre et on a tous les deux perdu la mémoire ? Ou alors, on a mangé quelque chose de pourri.

Là-dessus, je dévale l'escalier.

— Hé, attends, crie-t-il en me suivant. Tu ne vas pas m'accuser, maintenant ! Je n'y suis pour rien, moi !

— Qu'est-ce qu'on en sait ? On ne sait rien du tout, Silas ! C'est peut-être notre faute.

On se retrouve l'un en face de l'autre en bas de l'escalier.

— Peut-être, répond-il. Mais si j'ai fait quelque chose, toi aussi. Parce que, au cas où tu ne l'aurais pas remarqué, on est dans le même bateau.

Je serre et desserre les poings, soupire un grand coup, regarde fixement l'église jusqu'à en avoir les larmes aux yeux.

— Écoute, dit Silas en se rapprochant. Je regrette mes petites plaisanteries. J'ai autant envie que toi de comprendre ce qui nous arrive. Tu as d'autres idées ?

— Ouais, les contes de fées. Là où quelqu'un a subi un mauvais sort et, pour le briser, ils doivent résoudre le problème qui les lie… et puis…

— Et puis quoi ?

Visiblement, il essaie de me prendre au sérieux et, je ne sais pas pourquoi, ça m'énerve encore plus.

— Et puis un baiser…

— Ah ! sourit-il. Un baiser. Je n'ai jamais embrassé personne.

— Silas !

— *Quoi* ? Ça ne compte pas si je ne m'en souviens pas.

Je croise les bras et regarde un musicien des rues en train de saisir son violon. Il se rappelle la première fois où il a pris un violon, les premières notes qu'il a jouées, qui le lui a donné. Je l'envie pour ses souvenirs.

— J'arrête de plaisanter, Charlie, promis.

Je regarde Silas du coin de l'œil. Il a l'air sincèrement désolé, les mains dans les poches, la tête basse comme si elle pesait soudain trop lourd.

— Alors, demande-t-il. Qu'est-ce qu'on doit faire, selon toi ? S'embrasser ?

— Ça vaut peut-être la peine d'essayer, non ?

— Tu as dit que dans les contes de fées ils doivent d'abord résoudre…

— Oui. Par exemple, il fallait que quelqu'un embrasse la Belle au bois dormant pour la libérer de son sommeil. Il fallait à Blanche-Neige un vrai baiser d'amour pour la ramener à la vie. Il fallait qu'Éric embrasse Ariel, la petite sirène, pour l'arracher au sort que la mer lui avait jeté.

— Ce sont tous des films, rétorque Silas. Tu te souviens de les avoir vus ?

— Non, je sais que je les ai vus. En cours de littérature, aujourd'hui, M. Deetson a évoqué ces contes. C'est là que j'ai chopé cette idée.

On se dirige vers le musicien, en train de jouer un air triste.

— On dirait que c'est au mec de briser le mauvais sort, observe Silas. Il doit compter pour elle.

— Ouais…

Je n'en dis pas plus et on écoute la musique. Si seulement je savais ce que joue cet homme.

J'ai l'impression d'avoir déjà entendu cet air, mais impossible d'y mettre un titre.

Je finis par reprendre :

— Il y a une fille. Je voudrais lui parler… je crois qu'elle sait quelque chose. J'ai entendu dire qu'on la surnommait la Crevette.

Silas fronce les sourcils.

— Comment ça ? Qui est-ce ?

— Je ne sais pas. Je la retrouve dans certains cours. C'est juste une impression.

Une foule de badauds s'est formée autour de nous et Silas me saisit par le bras. Pour une fois, je le laisse faire. Je laisse ses doigts tièdes entrelacer les miens. De sa main libre, il photographie le violoniste, puis se retourne vers moi.

— Comme ça, je me rappellerai la première fois que je t'ai pris la main.

# 12

# Silas

On a traversé deux rues et elle ne m'a pas encore lâché la main. Ça vient peut-être de l'ambiance de Bourbon Street…

— Oh mon Dieu ! s'exclame-t-elle en saisissant ma chemise.

Elle pose le front sur mon bras.

— Ce mec vient d'ouvrir son imper, s'esclaffe-t-elle. Silas, je viens de voir mon premier pénis.

À mon tour, je me mets à rire tout en l'entraînant à travers la foule éméchée et Charlie finit par regarder à nouveau autour d'elle. On s'approche d'un groupe d'hommes torse nu, le cou orné de rangées de perles, et qui rient et interpellent les gens perchés sur leurs balcons au-dessus de nous. Charlie me serre la main un peu plus fort, le temps qu'on traverse cette foule animée. Alors qu'on s'éloigne, elle pousse un soupir, met un peu plus d'espace entre nous.

— C'est quoi, ces perles? demande-t-elle. Qui va encore dépenser de l'argent pour des bijoux aussi quelconques?

— Ça fait partie de la tradition du Mardi Gras. J'ai lu ça il n'y a pas longtemps en faisant des recherches sur Bourbon Street. C'est le dernier jour avant le carême mais j'ai l'impression qu'on le fête désormais toute l'année.

Je l'attire contre moi et lui montre le trottoir devant nous. Elle enjambe ce qui ressemble à un vomi.

— J'ai faim, dit-elle.

— Ça ne te coupe pas l'appétit? dis-je en riant.

— Non, ça me fait penser à la nourriture, et cette idée me donne des gargouillis. On va manger?

Elle me désigne un restaurant un peu plus haut dans la rue, dont l'enseigne est un néon rouge.

— On n'a qu'à aller là.

Elle passe devant moi, sans me lâcher la main. Je jette un coup d'œil sur mon téléphone et la suis. J'ai manqué trois appels. L'un de l'entraîneur, l'autre de mon frère, le troisième de maman.

C'est la première fois que je pense à ma mère. Je me demande à quoi elle ressemble. Et pourquoi je ne l'ai pas encore rencontrée.

Je heurte brutalement le dos de Charlie alors qu'elle vient de s'arrêter net pour laisser passer une voiture. Elle se passe la main dans la nuque, là où mon menton l'a percutée.

— Aïe!

Je me frotte la mâchoire en la regardant écarter ses cheveux sur l'épaule, laissant dépasser de son tee-shirt ce qui ressemble au début d'un tatouage.

Elle repart, mais je l'attrape par l'épaule.

— Attends !

Je passe les doigts sous son col, tire un peu et aperçois des arbres en ombres chinoises.

— Tu portes un tatouage.

Elle pose la main à l'endroit que je touche.

— Quoi ?! crie-t-elle en faisant volte-face. Pas du tout !

— Si. Tiens.

Je trace de l'index la bordure du dessin et sens sa peau frémir, vois la chair de poule s'étendre sous le tissu. Elle essaie de tâter ce que je lui ai montré. Alors je guide deux de ses doigts sur sa peau.

— Des arbres en ombres chinoises, dis-je encore. Juste là.

— *Des arbres* ? répète-t-elle en essayant de toucher. Pourquoi ? Je veux voir. Tu peux prendre une photo ?

Je descends son tee-shirt pour qu'elle puisse voir le tatouage en entier, bien qu'il ne fasse pas plus de huit centimètres de large. Je remets ses cheveux en place, pas pour la beauté de l'image, juste parce que j'en ai envie. Je repositionne également sa main afin qu'elle se pose sur l'épaule opposée.

— Silas, marmonne Charlie. Prends-moi cette fichue photo. On ne te demande pas de faire une œuvre d'art.

Je me demande si je suis toujours comme ça – si je refuse de prendre une simple photo quand on sait qu'il ne faut qu'un tout petit effort supplémentaire pour la rendre exceptionnelle. Je monte l'écran devant mes yeux et prends le cliché, regarde l'écran en admirant le résultat jusqu'au moment où elle m'arrache l'appareil des mains.

— J'hallucine ! s'exclame-t-elle.

— C'est un très joli tatouage.

Levant les yeux au ciel, elle me rend le téléphone et reprend la direction du restaurant.

Elle peut jouer les excédées tant qu'elle veut, ça ne changera rien à la façon dont elle a réagi au contact de mes doigts sur sa nuque.

Je la regarde s'éloigner et me rends compte que j'ai tout compris : plus elle m'apprécie, plus elle se ferme, plus elle m'inflige de sarcasmes. Quand elle se sent vulnérable, elle prend ça pour de la faiblesse alors elle joue les dures. Je crois que l'ancien Silas le savait déjà très bien. C'est même pour ça qu'il l'aimait. Il devait apprécier ce jeu.

On dirait que moi aussi, parce que, encore une fois, je la suis.

On entre dans le restaurant et, sans laisser à l'hôtesse le temps de lui poser la question, elle ordonne aussitôt :

— Une table pour deux, s'il vous plaît.

Au moins, elle a dit « s'il vous plaît ».

— Par ici, répond la femme.

On la suit dans la salle obscure et paisible, ce qui nous change des néons et du bruit de Bourbon Street, et on s'assied en soupirant tous les deux de satisfaction. La serveuse nous tend les menus puis prend nos commandes de boissons. À plusieurs reprises, Charlie se passe la main dans la nuque, comme si elle pouvait y sentir le contour de son tatouage.

— D'après toi, ça veut dire quoi ? me demande-t-elle les yeux sur son menu.

— Aucune idée. Sans doute que tu aimais les forêts ? Il y en a beaucoup dans les contes de fées. Qui sait si l'homme qui doit briser ton mauvais sort d'un baiser n'est pas un bûcheron costaud qui vit dans les bois ?

Visiblement, mes plaisanteries l'exaspèrent. À moins que ce ne soit parce qu'elle a trop envie de rire.

— Arrête de te moquer de moi. On s'est retrouvés sans souvenirs exactement au même moment, Silas. Je ne vois rien de plus absurde au monde. Même pas les contes de fées avec des bûcherons costauds.

Je lui décoche un sourire innocent, lui montre ma paume.

— J'ai des callosités. Je suis peut-être bûcheron.

Elle lève de nouveau les yeux au ciel mais, cette fois, elle rit.

— C'est peut-être parce que tu te branles trop.

— Non, j'en ai aux deux mains. Pas que sur la gauche.

— Tu dois être ambidextre.

On se marre tandis que la serveuse nous apporte nos boissons.

— Prêts à commander ? demande-t-elle.

Charlie parcourt le menu en hâte et dit :

— Si seulement je me rappelais ce qu'on aime bien manger… Bon, je vais prendre du fromage grillé. C'est une valeur sûre.

— Moi, un burger frites sans mayonnaise.

On rend nos menus et je demande à Charlie :

— Tu n'as pas encore dix-huit ans, comment tu peux avoir un tatouage ?

— Apparemment, ce genre de règlement ne concerne pas trop Bourbon Street. Et puis j'ai peut-être une fausse carte d'identité cachée quelque part.

J'ouvre le moteur de recherche sur mon téléphone.

— Je vais essayer de voir ce que ça signifie. Je deviens bon en Google.

Je passe les minutes suivantes à chercher tous les sens qu'on peut donner aux arbres, aux forêts, aux sous-bois. À l'instant où je crois tenir quelque chose, elle me prend mon portable, le pose sur la table.

— Debout, dit-elle en se levant. On va aux toilettes.

Elle m'attrape par la main pour m'entraîner à l'extérieur du box.

— Ensemble ?

— Ouais.

Je la suis en regardant sa nuque. Dans le couloir, elle s'arrête devant les toilettes pour dames, pousse la porte, jette un regard à l'intérieur. *Putain…*

— C'est juste une cabine, dit-elle. Vide.

Elle me tient la porte ouverte comme pour me dire d'entrer. C'est tout aussi vide chez les hommes, alors je ne comprends pas…

— Silas !

Elle me saisit le bras et m'entraîne à sa suite. Quand elle a fermé la porte, je m'attends plus ou moins à ce qu'elle se jette à mon cou et m'embrasse parce que… *que pourrait-on faire d'autre dans un tel endroit ?*

— Enlève ta chemise.

Je regarde ma chemise. Relève les yeux sur Charlie.

— Tu veux… on va… s'envoyer en l'air ? Parce que, je n'imaginais pas ça ainsi.

D'un geste irrité, elle attrape le bas de ma chemise. Je l'aide à me l'ôter tandis qu'elle explique :

— Je veux voir si tu as des tatouages, abruti !

Du coup, je me sens comme un jeune crétin qui viendrait d'être condamné à la garder dans son pantalon. Ce qui est sans doute le cas…

Je fais face à la glace tandis que Charlie inspecte mon dos ; elle pousse un petit cri et je sens ses doigts parcourir mon omoplate droite. Elle trace un cercle de plusieurs centimètres de diamètre, et moi j'essaie de contrôler ma respiration. Je me sens plus ivre que n'importe qui dans Bourbon Street. Je m'accroche au lavabo parce que ses doigts… ma peau…

La tête baissée entre les épaules, je pousse un gémissement. *Concentre-toi, Silas.*

— Qu'est-ce qu'il y a ? demande-t-elle en s'immobilisant. Je ne te fais pas mal, quand même ?

Je ne peux m'empêcher de rire, car ses mains me font tout sauf du mal.

— Non, Charlie, ça va.

Nos regards se croisent dans la glace et elle semble soudain comprendre l'effet qu'elle produit sur moi. Les joues roses, elle se détourne, retire ses mains de mon dos.

— Remets ta chemise et retourne à notre table, je fais pipi et je te rejoins.

Je respire un grand coup en me rhabillant.

Alors que je regagne ma place, je m'avise que je n'ai même pas pensé à lui demander à quoi ressemblait ce tatouage.

★ ★ ★

— Un rang de perles, dit-elle en se glissant face à moi. Des perles noires. Ça fait à peu près quinze centimètres de diamètre.

— *Des perles* ?

Elle fait oui de la tête.

— Comme un… *collier* ?

Hochant une nouvelle fois la tête, elle boit une gorgée de soda.

— Tu t'es fait tatouer un collier de femme dans le dos, Silas, dit-elle en souriant. Ça fait très bûcheron.

On dirait que ça l'amuse.

— Oui, et toi, tu as des arbres dans le dos. Pas de quoi te vanter non plus. Tu vas attraper des termites.

Elle éclate de rire et moi aussi. Elle remue la paille dans son verre.

— Telle que je me connais…

Elle se reprend :

— Telle que je connais Charlie, elle ne se serait pas fait tatouer si ça n'avait pas une signification importante pour elle. Il fallait que ce soit une chose qu'elle ne risque *jamais* de regretter, *jamais* de ne plus aimer.

Deux mots familiers ressortent de sa phrase :

— Jamais jamais, dis-je.

Elle me regarde, reconnaissant la formule qu'on s'est répétée dans la vidéo, et penche la tête de côté.

— Tu crois que ça avait quelque chose à voir avec toi ? Avec Silas ?

Elle n'a pas l'air trop d'accord avec cette idée, mais je me remets à parcourir mon téléphone.

— Charlie ne serait pas bête à ce point, ajoute-t-elle. Elle ne marquerait pas sa peau d'un truc qui concernerait un garçon. En plus, je ne vois pas le rapport entre ces arbres et toi.

Là, je trouve exactement ce que je cherchais mais j'essaie de garder l'air calme. Il ne faut pas que j'arrête de sourire, même si c'est d'un sourire arrogant, en plus je ne devrais sans doute pas la regarder comme ça, mais je ne peux m'en empêcher. Je lui tends le portable et elle lit à haute voix ce qui apparaît sur l'écran.

— Provient d'un mot grec signifiant *forêt* ou *bois*. Alors, c'est la signification d'un nom ?

Je hoche la tête. *Toujours aussi arrogant.*

— Remonte vers le haut.

Elle déroule l'écran d'un geste du doigt, ouvre la bouche.

— Dérivé du terme grec… Silas.

Crispée, serrant les dents, elle me rend l'appareil et ferme les yeux.

— Elle s'est fait tatouer un dessin qui représente ton nom ?

Comme prévu, elle joue les déçues devant une telle attitude.

Comme prévu, je triomphe.

— Tu t'es fait tatouer ça, toi. C'est sur toi. Sur ta peau. *Mon nom.*

Je ne peux m'empêcher de plastronner ; elle lève les yeux au ciel, alors qu'on nous apporte nos plats.

Je repousse mon assiette pour chercher le sens du prénom Charlie, mais je ne trouve rien qui évoque les perles. Au bout de quelques minutes, elle pousse un soupir :

— Essaie Margaret, mon deuxième prénom.

Je cherche et lis tout fort :

— Margaret, du mot grec signifiant perle.

Je repose mon téléphone tout content, comme si je venais de gagner un pari.

— Heureusement que tu vas me donner un autre nom, laisse-t-elle tomber.

*C'est ça, n'importe quoi !*

Je prends une frite dans mon plat, la tends vers elle.

— On est marqués. Toi et moi. On est tellement amoureux, Charlie ! Tu t'en rends compte, maintenant ? Tu n'as pas le cœur qui palpite ?

— Ce n'est pas *nous* qui avons choisi ces tatouages.

— On est marqués, je te dis. Tous les deux sur l'épaule. À jamais.

— *Seigneur*, gémit-elle, ta gueule ! Mange plutôt ton burger à la noix.

Ce que je fais, sans perdre mon sourire un instant.

* * *

— Et maintenant ? dis-je en m'adossant à mon siège.

Elle n'a pour ainsi dire pas touché son plat tandis que je suis sûr d'avoir battu un record de vitesse en avalant le mien.

À son expression, je devine qu'elle sait très bien ce qu'elle veut faire ensuite ; elle hésite juste sur la façon de l'annoncer.

— Alors ?

Elle se rembrunit.

— Tu dois d'abord promettre de ne pas faire de commentaires imbéciles à ce que je vais te proposer.

— T'inquiète. On ne va pas s'enfuir ensemble ce soir. Ces tatouages nous lient assez comme ça.

Cette fois, elle ne prend pas un air excédé devant ma plaisanterie, mais pousse un soupir accablé.

Réaction qui ne me plaît pas du tout, jusqu'au moment où elle me jette un regard noir.

Je lui prends la main, lui frotte les pouces avec les miens.

— Désolé, dis-je. Ça me défoule. Quand je plaisante, j'ai un peu moins peur. Qu'est-ce que tu voulais dire ? Je t'écoute, promis. Parole de bûcheron.

Elle se met à rire et je suis soulagé, puis elle recommence à jouer avec sa paille.

— On est passés devant plusieurs… boutiques de *tarots*. On pourrait peut-être regarder de ce côté.

Sans plus de commentaire, je prends mon portefeuille, sors de quoi couvrir notre repas et me lève.

— D'accord, dis-je en la prenant par la main.

En fait, je ne suis pas d'accord du tout, mais je m'en veux. Ces deux dernières journées ont été épuisantes et je sais qu'elle n'en peut plus. Je n'ai plus qu'à la satisfaire au moins sur ce point, même si je sais très bien que ce genre d'oracle de merde ne risque pas de nous apporter la moindre solution.

On passe devant quelques boutiques prétendument ésotériques, mais Charlie fait non de la tête chaque fois que je lui en désigne une. Je ne sais pas trop ce qu'elle recherche, en fait, mais j'aime bien me promener avec elle, alors je ne me plains pas. On reste la main dans la main et, parfois, je lui pose un bras sur l'épaule, quand la rue devient trop étroite. Je ne sais pas si elle a remarqué, mais je l'ai ainsi emmenée à travers d'innombrables petites rues et, chaque fois qu'on voit des gens, je la serre contre moi. Elle représente toujours mon plan B.

Après environ une heure de marche, j'ai l'impression qu'on arrive au bout du quartier français. Il y a de moins en moins de gens, du coup j'ai moins de raisons de la serrer contre moi. Certaines boutiques commencent à fermer. On entre dans St. Philip Street, quand elle s'arrête devant la vitrine d'une galerie d'art.

On y aperçoit des morceaux de squelettes en plastique suspendus au plafond et une sorte de faune marine métallique accrochée aux murs. Mais l'objet qui prend toute la place, juste face à nous, est un petit cadavre au cou orné d'un rang de perles.

Elle tapote la vitre.

— Regarde. C'est moi.

Et elle éclate de rire avant d'attirer mon attention sur une autre partie du magasin.

Je ne regarde plus le cadavre, ni la devanture.

Je la regarde, elle.

Les lumières de la galerie illuminent sa peau, lui donnant un éclat qui la fait ressembler à un ange. J'ai envie de passer la main sur son dos pour vérifier si elle n'a pas des ailes.

Son regard glisse d'une pièce à l'autre tandis qu'elle examine chaque objet de la vitrine d'un air abasourdi. Je me promets de la ramener ici quand ce sera ouvert. Impossible d'imaginer comment elle réagirait si elle pouvait en toucher un.

Elle regarde encore un peu, et moi, je ne la quitte pas de l'œil, tout en me rapprochant subrepticement. J'ai envie de revoir son tatouage, maintenant que je sais ce qu'il représente. J'écarte ses cheveux de sa nuque, sur son épaule. J'attendais plus ou moins qu'elle me repousse d'un geste agacé, mais non, elle aspire une goulée d'air puis regarde ses pieds.

Je souris au souvenir de mes sensations quand elle a passé les doigts sur mon tatouage. J'ignore si elle éprouve les mêmes choses mais elle reste immobile et laisse mes mains se glisser encore sous son col.

J'avale très péniblement ma salive et me demande si elle m'a toujours fait cet effet-là.

Je descends son tee-shirt, juste assez pour révéler son tatouage. Mon cœur se serre quand je pense que nous n'avons pas d'autres souvenirs de ce genre. Je voudrais tant me rappeler notre discussion quand nous avons pris cette décision qui marquerait tant notre avenir. J'aimerais savoir qui en a eu l'idée le premier. La tête qu'elle faisait quand l'aiguille a commencé à lui percer la peau. Et ce qu'on a ressenti à la fin.

Je passe le pouce sur ces arbres en ombres chinoises, tout en lui couvrant l'épaule de ma paume – elle en a de nouveau la chair de poule. Elle penche la tête de côté et laisse échapper un minuscule soupir.

Je ferme les paupières.

— Charlie ?

J'ai la voix râpeuse, je dois m'éclaircir la gorge.

— J'ai changé d'avis. Je ne veux pas te donner un autre nom. Je commence à bien aimer l'ancien.

J'attends.

J'attends ses protestations, ou ses rires.

J'attends qu'elle s'éloigne de moi.

*Mais non, aucune réaction. Rien. Autrement dit, c'est gagné.*

J'appuie toujours la main sur son dos, je la contourne et me retrouve entre elle et la vitrine, mais elle garde les yeux baissés. Elle m'ignore, car elle n'aime pas se sentir faible. Et là, c'est exactement ce que je lui fais ressentir. Je pose ma main libre sous son menton, lui effleure la joue des doigts, juste pour orienter son visage vers le mien.

Les yeux dans les siens, j'ai l'impression de découvrir un nouvel aspect de sa personne, pas très résolu, qui laisse entrevoir sa vulnérabilité. Qui lui permet de ressentir quelque chose. J'ai envie de sourire et de lui demander ce que ça fait d'être amoureuse mais, là, si je la taquine, elle risque de se mettre en pétard et de s'en aller. Donc ce n'est pas le moment. Pas tant que je n'aurai pas pu faire la liste de tous les fantasmes que m'inspire sa bouche.

Sa langue glisse sur sa lèvre inférieure et ça me donne envie d'en faire autant…

Je penche la tête vers elle quand elle me serre les bras.

— Regarde, lance-t-elle en désignant l'immeuble le plus proche.

Il s'agit d'une enseigne lumineuse clignotante qui a capté son attention et j'en veux au monde entier à l'idée qu'une simple ampoule ait pu gâcher ce qui allait devenir mon souvenir préféré alors que j'en ai déjà si peu.

En dessous apparaît une boutique de cartes et tarots qui n'a pourtant pas l'air bien différente de celles devant lesquelles on est déjà passés ; sauf que celle-ci vient saboter ce joli moment qu'elle aussi avait l'air d'apprécier. Un sacré bon moment, bon sang ! Je ne sais pas combien de temps il me faudra pour en provoquer un autre.

Elle se dirige maintenant vers la boutique, et je la suis comme un chiot fidèle.

Cet immeuble n'a pourtant rien de spécial ; je me demande bien pourquoi sa saloperie d'éclairage clignotant a pu m'éloigner de sa bouche. Une seule affiche apparaît sur la devanture occultée du magasin : « Photos interdites ».

Charlie ouvre la porte et entre. Je la suis et on se retrouve à l'intérieur d'une boutique vaudoue à l'usage des touristes. Un homme se tient derrière le comptoir et quelques personnes arpentent les allées.

Je surveille chacun de ses mouvements. Elle touche à tout, aux pierres, aux os, aux vases de poupées vaudoues miniatures. On longe ainsi l'allée jusqu'à l'autre bout du magasin et elle s'arrête devant le mur du fond, saisit ma main et me montre une image sur le mur.

— Cette grille, dit-elle. Tu as pris une photo de cette grille. Elle est accrochée au mur de ma chambre.

— Puis-je vous renseigner ?

On se retourne ensemble pour faire face à un homme imposant – *très imposant* – avec des stretchings aux oreilles et un piercing sur la lèvre.

J'ai presque envie de m'excuser et de filer, mais Charlie ne se laisse pas démonter.

— Savez-vous ce que protège cette grille ? demande-t-elle. Celle-ci sur la photo ?

— Elle doit pas être là depuis longtemps, répond l'homme en haussant les épaules. Je l'avais même pas vue.

Il me contemple en haussant un sourcil orné de multiples piercings, dont un petit… *os ? Un os accroché à son sourcil ?*

— Vous cherchez quelque chose de précis ? ajoute-t-il.

Je fais non de la tête et m'apprête à répondre quand une voix m'interrompt.

— Ils sont venus pour moi.

Une main apparaît sur notre droite à travers un rideau de perles. Une femme en sort et Charlie vient aussitôt se blottir contre moi ; je l'entoure de mes bras sans trop savoir pourquoi elle prend cet air apeuré. Cela ne lui ressemble pas, mais je ne vais pas me plaindre, non plus. Une Charlie apeurée ne peut donner qu'un heureux Silas.

— Par ici, dit la femme en nous faisant signe de la suivre.

J'ai presque envie de protester mais je me rappelle alors qu'ici on vit en plein théâtre. C'est Halloween trois cent soixante-cinq jours par an. Elle ne fait que jouer un rôle. Ni plus ni moins que nous deux, au fond…

Charlie m'interroge du regard, comme pour demander la permission. Je fais oui de la tête et on traverse le rideau à la suite de la femme. *Je tâte une perle au passage, mais elles sont bien en plastique, plutôt agréables au toucher.*

On débouche dans une petite pièce aux murs tapissés de rideaux de velours noir. Elle est éclairée de bougies qui brillent un peu partout. La femme prend place à une table au centre et nous désigne deux chaises en face d'elle. Je ne lâche pas la main de Charlie alors qu'on s'assied tous les deux.

La cartomancienne commence à mélanger lentement un jeu de tarot.

— C'est pour vous deux ensemble, je suppose ? demande-t-elle.

On hoche la tête. Elle tend le paquet à Charlie, la prie de le prendre en main puis s'adresse à moi :

—Vous aussi. Tenez-le tous les deux.

J'ai beau trouver ça un peu idiot, je joue le jeu et pose à mon tour ma main sur le paquet.

— Il faut que vous attendiez le même genre de réponse de cette lecture, indique-t-elle alors. Sinon le manque de cohésion pourrait la faire échouer.

— Oui, murmure Charlie. C'est le cas.

Je n'aime pas trop le ton anxieux sur lequel elle a dit ça. Comme si on allait obtenir des réponses. *Elle ne croit tout de même pas…*

La femme récupère les cartes et ses doigts m'effleurent au passage. Glacés. Je reprends la main de Charlie, la pose sur mes genoux.

Notre interlocutrice étale des cartes sur la table, face cachée. Quand elle a fini, elle me demande d'en tirer une du paquet. Je la lui tends et elle la pose à l'écart des autres, pointe un doigt dessus.

— Cette carte vous donnera votre réponse mais les autres expliqueront le chemin qui y mène.

Elle montre la carte du milieu.

— Cette position représente votre situation actuelle.

Elle la retourne.

— *La Mort ?* souffle Charlie.

Sa main se crispe sur la mienne.

La femme s'empresse d'expliquer :

— Ce n'est pas forcément une mauvaise chose. Elle représente avant tout un changement majeur. Une réforme. Vous venez tous les deux d'éprouver une sorte de perte.

Elle touche une autre carte.

— Cette position représente le passé immédiat.

Elle la retourne et, avant de regarder de quoi il s'agit, je la vois froncer les sourcils. *Le Diable.*

— Cela indique que quelqu'un ou quelque chose vous asservissait dans le passé. Il pourrait s'agir de bien des choses proches de vous. L'influence parentale. Ou une relation malsaine.

Son regard se pose sur le sien quand elle ajoute :

— Les cartes renversées reflètent une influence négative et, bien que celle-ci évoque le passé, elle peut aussi représenter une situation que vous seriez en train de traverser.

Ses doigts tombent sur une autre carte.

— Celle-ci indique votre avenir immédiat.

Elle la prend vers elle, la retourne, pousse un petit cri d'exclamation. Je sens Charlie frémir. Elle contemple la femme d'un œil interrogateur et terrifié à la fois.

Je ne sais pas à quoi joue cette cartomancienne mais ça commence à sérieusement m'énerver.

— La Tour ? dit Charlie. Qu'est-ce que ça signifie ?

La femme se hâte de la retourner, comme si c'était la pire de toutes. Fermant les paupières, elle pousse un grand soupir, puis les rouvre.

— Ça signifie… destruction.

Cette fois, je me lève.

— Bon, Charlie, on s'en va.

Mais elle m'implore du regard.

— On a presque fini.

Je cède et me rassieds.

La femme en retourne encore deux, les explique à Charlie, mais je n'entends plus un mot de ce qu'elle dit, promenant mon attention sur la pièce tout en essayant de garder patience. Sauf que j'ai trop l'impression de perdre mon temps.

Et Charlie me serre tellement la main qu'elle va me tuer. Je me remets à écouter la lecture des cartes. Ou plutôt le silence. La cartomancienne a refermé les paupières et serre les lèvres, marmonnant des paroles que je ne comprends pas.

Charlie se rapproche de moi et je lui passe instinctivement le bras sur l'épaule en chuchotant :

— Arrête, c'est du cinéma. On la paie pour te jouer cette comédie. Ne te laisse pas impressionner.

Ma voix a dû tirer notre interlocutrice de ses fausses transes car elle se met à tapoter la table comme pour attirer notre attention, comme si elle ne venait pas de nous jouer la grande scène du trois.

Ses doigts se posent sur la carte que j'ai sortie tout à l'heure du paquet. Elle nous regarde l'un après l'autre dans les yeux.

— Cette carte, énonce-t-elle lentement, c'est votre réponse. Combinée avec les autres, elle vous dira pourquoi vous êtes venus là.

Elle la retourne.

Elle ne bouge pas, les yeux fixés sur la carte, dans le calme absolu qui nous entoure. Comme par un fait exprès, une des bougies s'éteint. *Encore une jolie trouvaille*, me dis-je.

Je regarde la carte retournée. Aucun mot n'y est tracé. Pas de titre. Pas d'image.

La carte est vide.

Je sens Charlie se raidir et, cette fois, je la fais lever.

— C'est nul! dis-je à haute voix en repoussant ma chaise.

Je n'en veux pas à cette femme qui essaie de nous faire peur. C'est son boulot. Je lui en veux parce qu'elle y arrive vraiment avec Charlie, tout en conservant sa façade ridicule.

Je prends le visage de Charlie entre mes mains.

— Elle a posé cette carte pour te faire peur. Tu ne vas pas croire à ces conneries.

Là-dessus, je la prends par les mains et l'entraîne vers la sortie.

— Il n'y a pas de carte vierge dans mon jeu de tarot, s'exclame la cartomancienne.

Je m'arrête net, me retourne vers elle. Pas à cause de ce qu'elle vient de dire, mais de la façon dont elle l'a dit. Comme si elle avait peur.

*Peur pour nous ?*

Je pousse un soupir. *C'est une comédienne, Silas. Calme-toi.*

J'ouvre la porte et entraîne Charlie dehors, sans m'arrêter jusqu'au premier carrefour. Une fois qu'on se retrouve loin de la boutique, loin de sa fichue enseigne clignotante, je m'arrête, attire Charlie contre moi. Elle m'entoure de ses bras, enfouit la tête contre ma poitrine.

— Oublie tout ça, dis-je en lui caressant le dos. Les diseuses de bonne aventure, les tarots… c'est ridicule, Charlie.

Relevant la tête, elle me fixe d'un regard noir.

— Comme tu dis, aussi ridicule que nous deux quand on se réveille en plein lycée sans plus savoir qui on est ?

Là, je m'écarte un peu d'elle, me passe la main dans les cheveux, rejoint par cette amère constatation. Je peux toujours essayer d'en rire. Je peux rejeter ses théories foireuses autour des tarots et des contes de fées, n'empêche qu'elle a raison. Tout cela ne tient pas debout. Et plus on essaie de résoudre ce mystère, plus j'ai l'impression qu'on perd notre temps.

# 13

# Charlie

Il serre les lèvres, secoue la tête. Il veut sortir de là. Je perçois son anxiété.

— On devrait peut-être retourner lui demander des précisions, dis-je.

— Pas question. Je refuse d'y remettre les pieds.

Sur le moment, j'ai presque envie d'y aller toute seule. Je me retourne juste à l'instant où le panneau « Ouvert » s'éteint. La boutique plonge alors dans l'obscurité. Je me mords la joue. Je pourrais revenir seule, peut-être qu'elle m'en dirait davantage.

— Charlie ! appelle-t-il.

Je cours le rejoindre. On voit notre souffle blanc quand on marche. Voilà longtemps qu'il n'a plus fait si froid. Je me frotte les mains.

— J'ai faim.

— Tu as toujours faim, observe-t-il. Je n'ai jamais vu quelqu'un de si petit manger autant.

Cette fois, il ne propose pas de m'inviter, alors je continue de marcher à côté de lui. Je lance, sur le ton de la plaisanterie :

— Qu'est-ce qui s'est passé là-bas ?

— Quelqu'un s'est amusé à nous faire peur. Voilà.

— Et si elle avait raison ? S'il n'y avait pas de carte vierge dans son jeu de tarot ?

— Non, arrête !

J'évite de justesse un homme qui dansait à reculons sur le trottoir.

— Je ne comprends pas comment tu peux écarter si facilement cette solution, dis-je entre mes dents, surtout dans les circonstances qui nous concernent. Tu ne crois pas…

— Si on parlait d'autre chose ?

— Quoi ? Genre ce qu'on va faire le prochain week-end ? Ou, tiens, plutôt, ce qu'on a fait le dernier week-end ? Sauf si tu préfères…

Soudain, je me tape sur le front :

— L'Electric Crush !

— Quoi ? demande Silas. L'Electric quoi ?

— On y est allés. Ensemble, le week-end dernier. J'ai trouvé un reçu dans la poche de mon jean.

Il me dévisage d'un air contrarié, tandis que je continue d'expliquer :

— J'y ai emmené Janette hier soir. Un serveur m'a reconnue.

— Hé ! crie-t-il par-dessus mon épaule. Si tu la touches avec ça, je te casse en deux !

Je jette un regard derrière moi et vois un homme orienter une main géante en mousse vers mes fesses. Mais il recule devant la menace.

— Pourquoi tu ne m'as pas parlé de ça? me demande ensuite Silas. Ça n'a plus rien à voir avec les diseuses de bonne aventure. C'est important.

— Je ne sais pas. Je voulais…

Il m'attrape par la main mais, cette fois, pas pour notre plaisir, juste pour m'entraîner plus vite dans la rue, tout en tapotant de ses doigts libres sur son téléphone. Je suis à la fois impressionnée et légèrement agacée qu'il me parle ainsi. On a sans doute partagé bien des choses dans notre autre vie, mais dans celle-ci, je ne connais même pas son deuxième prénom.

— C'est sur North Rampart Street, dis-je pour l'aider.

— Oui.

Il est furieux. Perso, j'aime bien son petit air déprimé. On traverse un parc avec une fontaine. Des vendeurs ont étalé leurs œuvres le long de la barrière ; ils nous dévisagent alors que nous passons. Là où Silas effectue un pas, il m'en faut trois si je ne veux pas être semée. Alors je trotte. On marche ainsi jusqu'à ce que mes pieds me fassent mal et que je détache ma main de la sienne.

Il s'arrête, se retourne.

Je ne sais pas que dire, ni ce qui m'énerve, alors je pose les poings sur les hanches.

— Qu'est-ce qui ne va pas? me demande-t-il.

— Je n'en sais rien. Mais tu ne vas pas me faire faire le tour de la ville comme ça ! Je ne marche pas aussi vite que toi et j'ai mal aux pieds.

*Ça me rappelle quelque chose. Mais quoi ?*

Mâchoires serrées, il détourne la tête. Et, d'un seul coup, tout se produit en un quart de seconde. Il me soulève du sol et repart en me portant dans ses bras. D'abord, je pousse un petit cri, et puis je m'installe, passe les bras autour de son cou. J'aime bien sentir ainsi son eau de toilette, toucher sa peau. Je ne me rappelle pas avoir vu une bouteille de parfum parmi les affaires de Charlie, et je ne me vois pas en mettre. *Que faut-il en conclure au sujet de Silas ?* Qu'au cœur de toutes ces histoires, il a songé à s'arroser de trois gouttes ce matin. Attacherait-il tant d'importance à ces petits détails ?

Tandis que je me pose ces questions, il s'arrête pour demander à une femme, qui vient de tomber au milieu de la rue, si elle va bien. En fait, elle est complètement ivre. En essayant de se redresser, elle marche sur le bas de sa robe et retombe en avant. Silas me dépose près de lui pour se pencher sur elle.

— Vous saignez ? demande-t-il. Vous vous êtes blessée ?

Il l'aide à se relever, la conduit près de moi. Elle a du mal à articuler et finit par lui caresser la joue ; je me demande s'il savait, en allant l'aider, que c'était une SDF. Je n'ai pas envie de la toucher. Elle sent mauvais. Elle s'éloigne d'un pas incertain et il la suit du regard. Il semble soucieux. Il la surveille jusqu'à ce qu'elle disparaisse au coin de la rue. Alors seulement il paraît s'inquiéter de l'endroit où je peux me trouver.

Brusquement, je constate que Charlie n'est pas aussi gentille que Silas. Il est très différent d'elle et c'est sans doute pour ça qu'elle l'aime ; mais c'est aussi pour ça qu'elle s'est tournée vers Brian, car elle ne se sentait pas digne de Silas.

Et moi non plus.

Il me décoche un demi-sourire et j'ai l'impression qu'il n'ose pas trop montrer ce qu'il ressent.

— Prête ?

J'ai envie de lui dire qu'il a bien agi, mais ça fait un peu nunuche. C'est à la portée de tout le monde, alors qu'il a agi par pur instinct. Il est d'une gentillesse innée. Jamais ce genre d'idée ne me serait venue. Je pense à ce premier matin, quand la fille a fait tomber ses livres à mes pieds. Elle m'a jeté un regard effrayé. Elle ne s'attendait pas du tout que je l'aide. Au contraire. Que pouvait-elle craindre ?

On avance en silence. Il vérifie son téléphone toutes les cinq minutes pour s'assurer qu'on reste dans la bonne direction et je surveille son expression. Je me demande si c'est ce qu'on ressent quand on tient à quelqu'un ; s'il suffit de regarder un homme aider une femme pour éliminer ce genre de sentiment. Et puis on arrive. Il me désigne l'autre côté de la rue et je hoche la tête :

— Oui. C'est ça.

Encore que… Le *diner* n'a plus la même allure que quand j'y suis venue avec Janette. Là, ça vibre et ça fait du bruit. Des hommes se sont alignés sur le trottoir pour fumer ; ils s'écartent pour nous laisser passer. Je sens les vibrations de la contrebasse dans mes jambes devant la porte d'entrée, qui s'ouvre sur un groupe de clients. Une fille sort en riant, sa veste de fourrure rose m'effleure le visage. À l'intérieur, les gens se fraient un chemin à coups de coudes et de hanches. Si bien qu'on a droit à quelques regards désagréables. *Ici c'est ma place, dégage. J'attends le reste de ma bande, tire-toi.* On néglige les quelques places vides du devant pour nous rendre vers le fond ; parfois on se laisse surprendre par des éclats de rire. Un verre se renverse sur mes chaussures, quelqu'un s'excuse. Je ne sais même pas qui, il fait trop sombre. Et c'est là qu'on appelle nos noms :

— Silas ! Charlie ! Par ici !

Un garçon et… quelle était la fille qui m'a accompagnée ce matin ? Annie… Amy ?

— Hé, dit-elle alors qu'on s'approche. J'y crois pas ! Vous revoilà malgré le dernier week-end ?

— Ça t'étonne ? demande Silas.

Je prends la place qu'on m'offre et regarde mes trois compagnons.

— Tu boxes un mec, tu renverses deux tables et tu trouves normal de revenir ? s'esclaffe le garçon.

À la façon dont il la regarde, je crois que c'est le petit copain d'Annie/Amy. Ils ont l'air prêts à s'engager ensemble. Peut-être pour la vie.

Et c'est ainsi qu'on se regarde, Silas et moi. Sauf qu'on est vraiment engagés, on ne sait pas jusqu'où.

— Tu as vraiment fait le con, lance-t-elle.

— Amy ! intervient le garçon. Arrête.

*Amy !*

Je voudrais en savoir davantage sur celui que Silas a boxé.

— Il l'avait bien mérité, dis-je.

Amy prend un air outré mais elle semble avoir peur de répondre car elle se détourne. Alors j'essaie le petit copain, d'un ton innocent :

— Tu ne trouves pas ?

Haussant les épaules, il s'assied près d'elle. Ils ont tous peur de moi, mais pourquoi ?

Je commande un Coca, et là, Amy écarquille les yeux.

— Un Coca normal ? lance-t-elle. Pas un light ?

— J'ai l'air d'avoir besoin de light ?

À ma réponse irritée, elle se recroqueville sans rien dire. Je ne sais pas ce qui m'a pris, promis… Mieux vaut que je la ferme et laisse Silas jouer les détectives avant que je n'agresse la terre entière. Il se laisse tomber à côté du petit copain et tous deux se mettent à bavarder. La musique braille si fort qu'on n'entend rien de ce qu'ils peuvent se raconter, et Amy fait son possible pour m'ignorer, alors je regarde autour de moi. Les gens… ils ont tous des souvenirs… ils savent qui ils sont. Je suis jalouse.

— On y va, Charlie !

Debout devant moi, Silas m'attend, sous l'œil d'Amy et de son copain. C'est une grande table. Je me demande qui doit venir les rejoindre et combien parmi eux me détestent.

Une fois dehors, Silas s'éclaircit la gorge.

— Je me suis bagarré.

— J'ai entendu. Ils t'ont dit avec qui ?

— Oui.

J'attends, et comme il ne répond pas, j'insiste :

— Alors… ?

— J'ai mis mon poing dans la gueule du propriétaire. Le père de Brian.

— Mais pourquoi ?

Il se frotte pensivement la mâchoire.

— Parce qu'il a dit quelque chose sur toi.

— Moi ?

J'en ai le cœur retourné. Je sais ce qui va s'ensuivre, en même temps je ne sais rien…

— Il a dit qu'il voulait t'engager comme serveuse…

*Bon, pas si mal. On a besoin d'argent.*

— Parce que tu étais la copine de Brian. Alors je l'ai frappé, je crois.

— Merde.

— Ouais. Et ce garçon – Eller – a ajouté qu'on ferait mieux de s'en aller avant que le père de Brian n'appelle les flics.

— Les flics ?

— Je crois que mon père et celui de Brian ont travaillé ensemble sur une affaire. C'est pour ça que, la semaine dernière, il a accepté de ne pas porter plainte contre moi, mais je ne dois pas y remettre les pieds. En plus, Landon m'a appelé. Il semblerait que mon père se demande pourquoi j'ai abandonné l'entraînement. On dirait que ça énerve pas mal de monde.

— Oups !

— Ouais, oups.

Ça n'a pas trop l'air de le tourmenter.

On reprend le même chemin pour rentrer, sans dire un mot. On passe devant plusieurs artistes de rue que je n'avais pas vus à l'aller. Deux d'entre eux ont l'air d'un couple. L'homme joue de la cornemuse et la femme dessine sur le trottoir avec des craies colorées. Alors qu'on enjambe ses œuvres, Silas sort son appareil pour les photographier tandis qu'elle transforme quelques traits en un couple en train de s'embrasser.

*Un couple en train de s'embrasser.* Ça me donne une idée.

— Il faut qu'on s'embrasse, lui dis-je.

Il en lâche presque son téléphone, écarquille les yeux.

— Pour voir s'il se passe quelque chose… comme dans les contes de fées.

— Ah… oui, bien sûr. D'accord. Où ça ? Maintenant ?

Levant les yeux au ciel, je me dirige vers une fontaine, près d'une église, et il me suit. J'aimerais bien vérifier la tête qu'il fait mais tant pis. C'est juste pour voir. Une expérience. Rien d'autre.

On s'assied tous les deux au bord de la fontaine, mais je n'ai pas envie que ça se passe ainsi, alors je me relève en murmurant :

— Bon. Ferme les yeux.

Ce qu'il fait. Un sourire aux lèvres.

— Ne les rouvre surtout pas.

Je ne veux pas qu'il me voie. Je sais à peine à quoi je ressemble ; j'ignore si mon visage grimace quand je suis énervée.

Il lève la tête, je la baisse. Je pose les mains sur ses épaules, sens les siennes me saisir par la taille, m'attirer vers lui, entre ses genoux. Soudain, elles remontent, ses pouces viennent se glisser sous mon soutien-gorge. Mon cœur se serre.

— Pardon, dit-il. Je ne vois pas ce que je fais.

Cela me donne envie de rire et je suis contente qu'il ne voie pas ma réaction. Ce qui ne m'empêche pas d'ordonner :

— Remets tes mains sur ma taille.

Il le fait avec un tel empressement que ses paumes atterrissent sur mes fesses. Comme il insiste un peu, je lui tape sur le bras.

— Quoi ? dit-il en riant. Je ne vois rien !

— Plus haut.

Il obéit mais lentement. Je me hisse sur la pointe des pieds.

— Plus haut, dis-je encore.

Il remonte de cinq centimètres.

— Ça va…

Sans le laisser finir sa phrase, je me penche pour l'embrasser. Au début, il s'amuse, encore en plein jeu, mais, quand il sent mes lèvres sur les siennes, son sourire disparaît.

Je goûte ainsi à la douceur de sa bouche. Je saisis son visage entre mes mains, tandis qu'il m'attire davantage, ses bras plaqués dans mon dos. J'embrasse d'en haut, lui d'en bas. Au début, je pense qu'on va s'en tenir à un petit bisou, comme on en voit dans les contes de fées. Un petit bouche à bouche et la malédiction est brisée. On devrait déjà avoir récupéré nos souvenirs, si ce baiser était opérant. L'épreuve s'achèverait là, mais ni l'un ni l'autre ne nous arrêtons.

Il embrasse de ses lèvres douces mais d'une langue bien ferme. Elle n'a rien de baveux et remue devant et dans ma bouche ; ses lèvres aspirent doucement la mienne. Je parcours sa nuque du bout des doigts, remonte vers ses cheveux, et c'est là qu'il se lève, m'obligeant à changer de position. Je parviens de justesse à masquer un soupir.

À présent, c'est moi qui embrasse d'en bas et lui d'en haut. Sauf qu'il me tient contre lui, le bras m'entourant la taille, sa main libre plaquée sur ma nuque. Je m'accroche éperdument à sa chemise. Lèvres douces, langue... fureteuse entre mes lèvres... pression dans mon dos... quelque chose qui se dresse entre nous deux et me donne une bouffée de chaleur. Je m'écarte, le souffle court.

Je le regarde, il me regarde.

Quelque chose vient de se produire. Pas nos souvenirs qui se seraient réveillés, mais autre chose qui nous donne une sorte de vertige.

Et je me dis, alors que j'ai envie qu'il m'embrasse une nouvelle fois, que c'est exactement ce qu'il ne faut pas faire. Nous allons avoir de plus en plus envie de découvrir ce que nous sommes devenus et oublier ce que nous étions.

Il se passe une main sur le visage, comme pour se calmer. Il sourit.

— Je me fiche de ce qu'a pu être notre vrai premier baiser, dit-il. Moi, c'est celui-ci que je veux me rappeler.

Je photographie mentalement son sourire pour ne plus jamais l'oublier, puis je me tourne et m'en vais.

— Charlie ! crie-t-il.

Sans répondre, je poursuis mon chemin. C'était idiot. Qu'est-ce que j'allais m'imaginer, aussi ? Jamais un baiser ne nous rendra nos souvenirs. On n'est pas dans un conte de fées.

Il m'attrape par le bras.

— Hé ! Ralentis. À quoi tu joues ?

Je continue d'avancer dans la direction par laquelle nous sommes sûrement arrivés.

— Je crois que je dois rentrer chez moi. Vérifier si Janette a dîné… et…

— Avec nous, Charlie.

Je sens son regard posé sur moi.

— Il n'y a pas de nous, dis-je en me retournant vers lui. Tu n'as pas entendu ? On avait presque rompu et je sortais avec Brian. Son père allait m'embaucher et…

— Nous existions, Charlie. Et, bon sang, je vois bien pourquoi !

Je secoue la tête. On ne doit pas se détourner de notre objectif.

— C'était ton premier baiser, dis-je. Ça m'a fait la même impression qu'avec tous les autres.

— Ah bon, ça t'a donné cette impression à toi aussi ?

Il me rejoint en courant, se plante devant moi.

J'ai presque envie de lui dire la vérité. Que si j'étais morte, comme Blanche-Neige, et qu'il m'avait embrassée comme ça, mon cœur se serait sûrement remis à battre. Que ce serait moi qui aurais combattu les dragons pour ce baiser.

Mais on n'a pas le temps de s'embrasser ainsi. Il faut qu'on trouve ce qui s'est passé et comment y remédier.

Je n'ai rien senti, dis-je. C'était juste un baiser d'enfant, et qui n'a pas fonctionné. *Mensonge tellement ignoble qu'il me ronge les tripes.*

— Il faut que j'y aille.

— Charlie…

— On se voit demain.

Je lui adresse un signe de la main sans me retourner, de peur de céder à la tentation si je le regardais. Mais ce ne serait pas une bonne idée. Pas tant qu'on n'en saura pas davantage sur notre situation. Je crois qu'il va me suivre, alors je hèle un taxi. J'ouvre la portière, me retourne vers Silas pour lui montrer que tout va bien. Il hoche la tête puis soulève son téléphone pour me prendre en photo. *La première fois qu'elle m'a quitté*, doit-il songer. Après quoi, il plonge les mains dans ses poches et repart dans la direction de sa voiture.

J'attends qu'il ait dépassé la fontaine avant de me pencher pour dire au chauffeur :

— Désolée, j'ai changé d'avis.

Après avoir claqué la portière derrière moi, je redescends sur le trottoir. De toute façon, je n'aurais pas eu de quoi le payer. Je vais retourner au *diner* et demander à Amy de me ramener.

Le taxi s'éloigne et je plonge dans une rue différente, afin que Silas ne risque pas de m'apercevoir. Et puis j'ai besoin d'être seule. Pour réfléchir.

# 14

# Silas

Encore une nuit de sommeil merdique. Sauf que, cette fois, ça ne vient pas du fait que je m'inquiétais sur mon sort, ni même sur ce qui nous faisait perdre nos souvenirs, à Charlie et à moi. Mon manque de sommeil provenait de deux obsessions : notre baiser et la réaction de Charlie à ce baiser.

Je ne sais pas pourquoi elle est partie, ni pourquoi elle a voulu prendre un taxi plutôt que rentrer avec moi. À la façon dont elle a répondu à ce baiser, j'aurais juré qu'elle avait éprouvé les mêmes sensations que moi. Certes, ce n'était pas un baiser de conte de fées propre à briser une malédiction mais je ne crois pas qu'on s'attendait à ça non plus… si on s'attendait à quoi que ce soit d'autre qu'un peu d'espoir.

En tout cas, je ne pensais pas qu'il se produirait quoi que ce soit d'autre une fois qu'elle a posé ses lèvres sur les miennes, pourtant c'est arrivé.

J'ai cessé de penser à la raison qui nous avait poussés à nous embrasser et à tout ce qui avait pu se passer dans la journée. Je ne comprenais plus qu'une chose : elle s'agrippait à ma chemise, m'attirait contre elle, car elle en voulait encore davantage. J'entendais son souffle haletant entre chaque baiser car, dès que nos bouches se rencontraient, on ne respirait plus. Et même quand elle arrêtait pour s'éloigner un peu, je voyais encore son regard ébahi, et cette façon qu'elle avait de contempler mes lèvres.

Pourtant, elle a fini par s'éloigner. Mais si j'ai appris quelque chose sur Charlie ces deux derniers jours, c'est qu'il existe une raison à chacune de ses actions. En général une bonne raison ; c'est pour ça que je n'ai pas tenté de l'arrêter.

Mon téléphone reçoit un texto et je manque de tomber en me faufilant hors de la douche pour aller regarder. Je n'ai plus reçu de nouvelles d'elle depuis qu'on s'est séparés, hier soir, et je mentirais si je disais que je ne commençais pas à m'inquiéter.

Mes espoirs s'évanouissent quand je constate que ce message ne provient pas de Charlie, mais du garçon à qui j'ai parlé au *diner*, Eller.

Amy voudrait savoir si tu as emmené Charlie au lycée avec toi. Personne chez elle.

Je coupe l'eau bien que je ne me sois pas encore rincé. J'attrape une serviette d'une main tout en répondant de l'autre :

Non, pas encore parti. Elle l'a appelée ?

Dès que j'envoie le texto je compose le numéro de Charlie, appuie sur le haut-parleur puis repose le téléphone sur le comptoir. Le temps que son répondeur se déclenche, je suis habillé.

— Merde !

Je coupe la communication, ouvre la porte, passe par ma chambre le temps d'enfiler mes chaussures et de prendre mes clefs. Je descends mais m'arrête net avant d'ouvrir la porte d'entrée.

— Maman ?

Ça m'est sorti instinctivement de la bouche. Elle fait volte-face et, bien que je ne la reconnaisse que d'après les photos accrochées au mur, je crois ressentir quelque chose. J'ignore quoi. Ni amour ni reconnaissance, en tout cas. Je suis juste submergé par une sensation de calme.

Non… de *réconfort*. C'est bien ça.

— Bonjour mon grand, lance-t-elle avec un large sourire qui lui plisse le coin des yeux.

Elle est en train de préparer le petit déjeuner, à moins que ce ne soit la vaisselle qui suit.

— Tu as vu le courrier que j'ai posé sur ton bureau, hier ? Comment vas-tu ?

Landon lui ressemble plus que moi, la mâchoire plus fine, tandis que j'ai celle bien carrée de mon père. Et puis il semble prendre la vie comme elle, avec confiance.

La tête penchée, elle se rapproche de moi.

— Silas, ça va ?

Quand elle tend la main vers mon front, je recule.

— Oui, ça va.

Elle reporte cette main sur son cœur, comme si ma réaction l'avait blessée.

— Oh, dit-elle. Bon, très bien. Tu as déjà manqué des cours cette semaine et tu as un match ce soir.

Elle retourne dans la cuisine.

— Tu ne devrais pas rester dehors si tard quand tu es malade.

Je me demande pourquoi elle dit ça. Après tout, c'est la première fois que je la vois depuis ce qui m'est arrivé… Ezra ou mon père ont dû lui parler de la présence de Charlie ici.

— Je me sens bien, maintenant, dis-je. J'étais avec Charlie hier soir, c'est pour ça que je suis rentré tard.

Elle ne mord pas à l'hameçon, ne me regarde même pas. J'attends encore quelques secondes, au cas où elle répondrait quelque chose. Mais non, alors je me dirige vers la porte d'entrée.

Landon m'attend déjà dans la Rover. Je jette mon sac à l'arrière puis ouvre la portière avant. Mon frère me tend alors la main.

— Tiens, ça sonnait. Je l'ai trouvé sous ton siège.

Je prends le téléphone qu'il me tend. Celui de Charlie.

— Elle l'a laissé dans ma voiture ?

Il hausse les épaules. Je vérifie l'écran. Elle a manqué plusieurs appels et textos. Je vois le nom de Brian, et aussi celui d'Amy. J'essaie d'ouvrir leurs messages mais on me demande un mot de passe.

— On y va ou quoi ? lance mon frère exaspéré. On est déjà en retard !

Je m'installe au volant, pose l'appareil de Charlie sur la console le temps de reculer. Quand je le reprends pour essayer de trouver le mot de passe, Landon me l'arrache des mains.

— Et ton accrochage l'année dernière, ça ne te rappelle rien ?

Je n'aime pas ça. Charlie sans son téléphone, Charlie qui n'attend pas Amy pour aller au lycée. Si elle était déjà partie, qui l'a emmenée ? Je ne sais pas trop comment je réagirais si j'apprenais que c'était Brian.

— Bon, marmonne Landon. Ne le prends pas mal si je te demande ça… Mais… Charlie est enceinte ?

Je freine brusquement. Coup de chance, il y a justement un feu devant nous qui passe à l'orange, donc ça peut paraître une réaction normale.

— Enceinte ? Pourquoi ? Qui t'a dit ça ?

Il secoue la tête.

— Non, c'est juste… Je ne sais pas. J'essaie de comprendre ce qui t'arrive. Et ça m'a semblé la seule réponse possible.

— Je manque l'entraînement hier et tu en conclus que Charlie est enceinte ?

Il étouffe un petit rire.

— Il n'y a pas que ça, Silas. Mais tu te bats avec Brian, tu manques tous les entraînements de la semaine, tu te barres du lycée lundi en plein après-midi, tu manques tout le mardi, la moitié de mercredi. Ça ne te ressemble pas.

J'ai séché les cours cette semaine ?

— Sans compter qu'avec Charlie vous faites des trucs bizarres quand vous êtes ensemble. Vous n'étiez pas comme ça, avant. Tu oublies de me ramener après les cours, tu te barres toute la semaine, alors je ne sais pas si tu veux me dire ce qui se passe mais ça commence à vraiment m'inquiéter.

Je sens sa déception.

On était proches. C'est vraiment un frère sympa. Il devait connaître tous mes secrets, toutes mes pensées. Je me demande si c'est durant nos trajets entre la maison et le lycée qu'on se racontait tout. Et si je lui disais ce qui me tourmente en ce moment… est-ce qu'il me croirait ?

— Feu vert, lance-t-il.

Je repars. Mais je ne lui fais aucune confidence. Je ne sais pas par où commencer. Je sais juste que je ne veux pas lui mentir parce que ça ne m'a pas l'air de ressembler à l'ancien Silas.

Dès que je me gare sur une place de parking, il ouvre sa portière et sort. Je l'appelle à la dernière seconde.

— Landon !

Il se penche, l'air interrogateur.

— Désolé, dis-je. J'ai eu une semaine compliquée.

— J'espère que ça s'arrangera avant le match de ce soir. Parce que tes coéquipiers ne t'ont pas à la bonne, en ce moment.

Claquant la portière, il prend la direction du bâtiment. Je saisis le téléphone de Charlie et m'y rends moi aussi.

* * *

Comme je ne l'ai pas croisée dans les couloirs, j'ai assisté à mes deux premiers cours. Je me dirige vers le troisième, toujours sans aucune nouvelle d'elle. Elle a dû avoir une panne d'oreiller. On se retrouvera au quatrième cours. N'empêche que quelque chose ne tourne pas rond.

Et si elle m'évitait? Non, ça ne lui ressemble pas. Elle m'aurait dit en face qu'elle ne voulait plus me parler.

Je vais chercher mon bouquin de maths dans mon casier. En même temps je vérifierai dans le sien s'il y manque des cahiers, sauf que je ne connais pas sa combinaison d'ouverture. Il était écrit sur son emploi du temps mais je le lui ai donné hier.

— Silas !

Je me retourne pour apercevoir Andrew qui tente de se frayer un chemin parmi la foule, tel un poisson à contre-courant. Il finit par abandonner et me crie :

— Janette veut que tu l'appelles !

Là-dessus il se retourne et reprend l'autre direction.

Janette… Janette… Janette…

*La sœur de Charlie !*

Je trouve son nom parmi les contacts de mon téléphone. Elle répond dès la première sonnerie.

— Silas ?

— Oui, c'est moi.

— Charlie est avec toi ?

Pris d'un début de panique, je ferme les yeux.

— Non. Elle n'est pas rentrée, hier soir ?

— Non, dit Janette. En principe, je ne devrais pas m'inquiéter, mais elle prévient quand elle ne va pas rentrer à la maison. Elle n'a pas téléphoné, et là, elle ne répond pas à mes textos.

— C'est moi qui ai son téléphone.

— Comment ça se fait ?

— Elle l'a laissé dans ma voiture.

Je ferme mon casier et m'apprête à gagner ma salle de cours.

— On s'est disputés hier soir, dis-je encore, et elle est partie en taxi. Je croyais qu'elle allait rentrer directement.

Pris d'une idée subite, je m'immobilise. Elle n'avait pas d'argent pour déjeuner, hier, comment en aurait-elle eu pour payer le taxi ? Tout d'un coup, j'annonce à Janette :

— J'y vais. Je vais la chercher.

Je file sans lui laisser le temps de répondre. Je fonce vers le parking mais, avant de sortir du bâtiment, je m'arrête net.

*Avril.*

Merde. Ce n'est vraiment pas le moment. Je détourne la tête et passe devant elle, mais elle m'attrape par la manche de ma chemise. Bien obligé de lui faire face.

Lâchant ma chemise, elle m'entoure de ses bras.

— On ne s'est pas vus hier au déjeuner. J'ai cru que tu serais en retard. Et puis j'ai jeté un coup d'œil à la cafétéria, et tu y étais, avec elle.

Mais non ! Je n'ai pas le temps. Je ferais mieux de couper les ponts dès maintenant. Ce serait fait.

Je me passe une main dans les cheveux.

— Oui, Charlie et moi… on a décidé de se remettre ensemble.

Avril me jette un regard incrédule.

— *Non*, Silas. Tu n'as jamais voulu ça et tu ne m'en convaincras pas.

J'examine le hall d'entrée à gauche, puis à droite. Constatant qu'il ne s'y trouve plus personne, je m'avance vers elle :

— Écoutez, madame Ashley, dis-je d'un ton aussi professionnel que possible, je ne crois pas que vous soyez en mesure de me dire ce qui peut se passer entre elle et moi.

Les yeux écarquillés, elle demeure silencieuse quelques secondes comme si elle s'attendait à me voir éclater de rire et dire que c'est une plaisanterie. Comme ça n'arrive pas, elle se rembrunit, me tape le torse de ses mains comme pour m'écarter de son chemin. Ses talons s'éloignent en claquant sur le sol tandis que je file vers le portail de l'entrée.

* * *

Je frappe pour la troisième fois à la porte de la maison de Charlie quand celle-ci s'ouvre enfin. Sa mère me fait face. Les cheveux en bataille, l'air hagard. Quand elle me reconnaît, elle semble prise de nausée.

— Qu'est-ce que tu veux ? demande-t-elle.

J'essaie de jeter un coup d'œil derrière elle mais elle s'arrange pour me bloquer la vue.

— Je voudrais parler à Charlie. Elle est là ?

Elle referme presque complètement la porte, feule dans l'interstice :

— Ça ne te regarde pas. Fiche le camp de chez moi !

— Elle est là ou pas ?

— Si ta voiture est encore là dans cinq secondes, j'appelle la police !

— Écoutez, je m'inquiète pour votre fille, alors, s'il vous plaît, oubliez votre colère une minute et dites-moi si elle est là.

Elle ressort un peu, me pointe un doigt sur la poitrine.

— Cesse de me menacer !

Bon sang.

Brusquement, je la bouscule et rouvre la porte d'un coup de pied. Là, c'est l'odeur qui me prend aux tripes. Fétide. Ça empeste la cigarette. Je retiens mon souffle et entre dans le salon. Une bouteille de whisky ouverte traîne sur le bar, à côté d'un verre vide. Une masse de courrier attend sur la table, des jours et des jours de courrier, semble-t-il. À croire que cette femme se fiche de ce qu'il contient. Une enveloppe est adressée à Charlie.

Je m'apprête à la saisir quand j'entends les pas lents de la femme qui revient derrière moi. Je me précipite dans le couloir, aperçois deux portes à ma droite, une à ma gauche. J'ouvre celle-là, alors que la mère de Charlie se met à crier. Tant pis, j'entre quand même et crie à mon tour :

— Charlie !

Je sais bien qu'elle n'est pas là mais j'espère encore me tromper. Sinon, je ne vois pas où la chercher. Je ne me rappelle aucun des endroits que nous fréquentions ensemble.

Et Charlie sans doute pas non plus.

— Silas ! hurle sa mère sur le seuil de la chambre. Sors de là ! Va-t'en ou j'appelle la police.

Elle disparaît, sans doute pour aller décrocher un téléphone. Je continue à chercher… je ne sais même pas quoi. À l'évidence, Charlie n'est pas là, mais je regarde quand même, en espérant trouver un indice quelque part.

Je sais quelle partie de la chambre occupe Charlie, grâce à la photo de la grille au-dessus de son lit. Celle dont je serais l'auteur.

Et puis je me souviens qu'elle a mentionné un grenier auquel on accédait par le placard. Je l'ouvre et découvre en effet une petite trappe au plafond. On dirait qu'elle se servait des étagères en guise d'échelle. Je crie encore :

— Charlie !

Rien.

— Charlie, tu es là-haut ?

Alors que je vérifie du pied la solidité de l'étagère du bas, quelque chose frappe le côté de ma tête. Je me retourne mais plonge en voyant arriver une assiette qui vient s'écraser contre le mur.

—Va-t'en ! crie la femme.

Elle semble chercher autre chose à lancer sur moi, alors je lève les bras, comme si je me rendais.

— C'est bon, dis-je, je pars.

Elle s'écarte pour me laisser sortir mais crie à nouveau dès que j'atteins l'entrée. Au passage, je prends la lettre adressée à Charlie, sans me donner la peine de dire à sa mère qu'elle m'appelle si jamais elle rentre.

Je reprends ma voiture, descends la rue.

*Où peut-elle bien être ?*

J'attends de me trouver à quelques kilomètres avant de me garer pour vérifier une nouvelle fois son téléphone. Landon a dit l'avoir entendu sonner sous mon siège. Je passe la main par terre, en sors une canette de soda vide, une chaussure et, enfin, son portefeuille. Je l'ouvre, fouille, mais ne découvre rien de spécial.

Elle se trouve je ne sais où, sans téléphone, sans argent. Elle ne connaît aucun numéro par cœur. Si elle n'est pas rentrée chez elle, où a-t-elle pu aller ?

Je tape sur le volant.

— Merde, Silas !

Jamais je n'aurais dû la laisser partir seule.

C'est ma faute.

Je reçois un texto sur mon téléphone. De Landon, qui demande pourquoi je suis parti.

Je le repose et aperçois alors la lettre que j'ai prise chez Charlie. Pas d'adresse de l'expéditeur. Le cachet de la date indique mardi — la veille du jour où cela nous est arrivé.

J'ouvre l'enveloppe, y trouve plusieurs feuillets pliés ensemble. Au dos du premier, on a écrit : « À ouvrir immédiatement ».

Je le déplie et tombe aussitôt sur les deux noms écrits en haut de la page.

*Charlie et Silas*

C'est adressé à nous deux ? Je continue de lire.

*Si vous ne savez pas pourquoi vous lisez ça, c'est que vous avez tout oublié. Vous ne reconnaissez personne. Même pas vous.*

*Veuillez ne pas vous affoler et lisez cette lettre en entier. Nous allons tout vous raconter, c'est-à-dire pas grand-chose pour le moment.*

C'est quoi, ça ? Mes mains commencent à trembler alors que je poursuis ma lecture.

Nous ne savons pas vraiment ce qui s'est passé, mais nous craignons que, si nous ne le notons pas, cela ne se produise encore. Au moins, une fois tout noté et distribué en plusieurs endroits, nous serons mieux préparés si cela devait se produire encore.

Sur les feuilles jointes, vous trouverez toutes les informations que nous possédions. Cela vous rendra peut-être service.

~ Charlie et Silas

Je regarde les noms au pied de la page jusqu'à ce que ma vision se brouille. *Charlie et Silas.*

Et puis à nouveau ceux qui sont écrits en haut. *Charlie et Silas.*

On s'est écrit une lettre à nous-mêmes ?

Ça ne tient pas debout. Si on s'est écrit une lettre à nous-mêmes…

Je passe aux feuilles qui suivent. Les deux premières portent des informations que je connais déjà : nos adresses, nos numéros de téléphone, notre lycée, les cours qu'on fréquente, les noms de nos frère et sœur, ceux de nos parents. Je lis tout cela aussi vite que possible.

À la troisième page, mes mains tremblent tellement que j'ai du mal à en déchiffrer l'écriture. Je la pose sur mes genoux pour finir de la lire. Ce sont des informations plus personnelles – une liste de choses que nous avons déjà déterminées sur nous, la nature de notre relation, depuis combien de temps elle dure. La lettre mentionne aussi le nom de

Brian, quelqu'un qui ne cesse d'envoyer des textos à Charlie. Je saute toutes les choses que je connais pour arriver au bas de cette troisième page.

*Les premiers souvenirs que nous puissions évoquer remontent au samedi 4 octobre, vers onze heures du matin. On est aujourd'hui le dimanche 5 octobre. Nous allons faire une copie de cette lettre pour nous mais également en poster des copies, pour plus de sécurité.*

Je passe à la quatrième page, datée de mardi 7 octobre.

*Ça a recommencé. Cette fois-ci, ça s'est passé lundi 6 octobre, pendant le cours d'histoire. Il semble que ce soit arrivé à la même heure, quarante-huit heures plus tard. Nous n'avons rien à ajouter à la lettre. Nous avons chacun fait de notre mieux pour rester éloignés des amis et de la famille depuis hier, en faisant croire qu'on était malades. Nous avons échangé toutes les informations que nous pouvions avoir, mais jusque-là, il semble que ce soit arrivé deux fois. La première, samedi, la deuxième lundi. Nous aurions aimé en savoir davantage, mais nous flippons parce que nous ne savons pas quoi faire. Comme la dernière fois, nous allons nous envoyer des copies de cette lettre. Il y en aura aussi une autre copie dans la boîte à gants de la voiture de Silas. C'est le premier endroit que nous avons vérifié cette fois-ci, alors il y a des chances pour que vous regardiez encore là-dedans.*

Je n'ai jamais regardé dans la boîte à gants.

*Nous garderons les lettres originales dans un endroit sûr pour que personne ne les emporte. Car, si quelqu'un les voit, ou se doute de quelque chose, on nous prendra pour des fous. Tout se trouvera dans une boîte au fond de la troisième étagère du placard de la chambre de Silas. Si cette histoire continue, il y a une chance pour que ça recommence mercredi à la même heure. Dans ce cas, cette lettre devrait vous arriver à tous les deux ce jour-là.*

Je vérifie de nouveau le cachet de la date sur l'enveloppe. Ça a été envoyé très tôt mardi matin. Et c'est exactement mercredi à onze heures que tout nous est arrivé.

*Si vous trouvez quelque chose qui puisse nous aider, ajoutez-le à la page suivante, jusqu'à ce qu'on sache ce qui a provoqué tout ça. Et comment l'arrêter.*

Je passe à la dernière page, mais elle est vide.

Je regarde la pendule. Il est dix heures cinquante-sept. On est vendredi. Ça nous est arrivé il y a presque quarante-huit heures.

Ma poitrine se soulève.

Ce n'est pas possible.

Quarante-huit heures qui vont disparaître dans moins de trois minutes.

J'ouvre ma console à la recherche d'un stylo, n'en trouve pas, et me penche alors vers la boîte à gants. Tout de suite, je vois sur le dessus la même lettre avec nos noms, à Charlie et à moi. Je la soulève et trouve dessous plusieurs stylos, alors j'en prends un et dépose la page contre le volant.

J'écris : *Ça a recommencé.* Mes mains tremblent tellement que je laisse tomber mon stylo. Je le ramasse et me remets à écrire :

*Mercredi 8 octobre, à onze heures, Charlie et moi avons perdu la mémoire pour la troisième fois d'affilée, semble-t-il. Choses que nous avons apprises ces dernières quarante-huit heures :*

*– Nos pères travaillaient ensemble.*

*– Le père de Charlie est en prison.*

J'écris aussi vite que je peux, en essayant de déterminer quels points je dois noter d'abord – les plus importants, parce que je vais manquer de temps.

*– Nous avons rencontré une cartomancienne sur St. Philip Street. Ça pourrait valoir la peine d'y retourner.*

*– Charlie a mentionné une fille au lycée, qu'elle appelle la Crevette. Elle voudrait lui parler.*

*– Charlie a un grenier dans le placard de sa chambre. Elle y passe beaucoup de temps.*

J'ai l'impression que je perds mon temps. Que je n'ajoute rien d'important à cette fichue liste. Si c'est vrai et que ça doive se reproduire, je n'aurai pas le temps d'envoyer une lettre, encore moins d'en faire des copies. Espérons que, si je la garde à la main, je sois assez malin pour la lire au lieu de la jeter.

Je mordille mon stylo pour me concentrer sur ce que je vais écrire.

*– On a grandi ensemble mais, maintenant, nos familles se détestent. Elles ne veulent plus qu'on se voie.*

*– Silas couchait avec la conseillère d'orientation, Charlie avec Brian Finley. On a rompu avec chacun d'eux.*

*– Landon est un frère génial, tu devrais pouvoir lui faire confiance si besoin est.*

Je continue à écrire. Je parle des tatouages, de l'Electric Crush, d'Ezra et de tout ce dont je me souviens de ces dernières quarante-huit heures.

La pendule indique dix heures cinquante-neuf.

Charlie n'est pas au courant pour cette lettre. Si tout y est exact jusque-là, si tout cela nous est vraiment arrivé depuis samedi, cela signifie qu'elle va oublier ce qu'elle a appris ces dernières quarante-huit heures. Et je n'ai pas la moindre idée de l'endroit où elle se trouve. Ni comment la prévenir.

J'ai une dernière chose à écrire :

*– Charlie a pris un taxi sur Bourbon Street hier soir et personne ne l'a vue depuis. Elle n'est pas au courant pour cette lettre. Trouve-la. C'est la première chose que tu dois faire. S'il te plaît.*

À suivre…